印税稼いで三十年

鈴木輝一郎

はじめに　人生けっこうなんとかなるもんでござる

その日、某書店のレジ横のサービスカウンターで、カバン持ちのアシスタントと二人で立ったまま待っていた。午後一時半。新刊が出たので、「よろしくお願いします」と挨拶にお邪魔している、何軒めかのことだった。

すでに三十分が経っていた。

この店のサービスカウンターとレジカウンターは連結していて、レジのなかで書店員さんが三人、待機してはいるのだが、せわしなくレジと背後の客注棚とを行き来していた。とても困ったことに、かなり露骨にこちらと視線を合わせないようにしている。

新刊書店まわりのとき、書店員さんにサイン献本を手渡したら、目の前でゴミ箱に捨てられたり、「○○さんへ」と為書《ためが》きを書き終えたところで「読まないから要らない」と突っ返されたりすることは何度か経験しているので、たいていの対応はわかっている。

ただ「レジ全員でがっつり無視」は初めての体験で、おおいに当惑した。さて、どうしたものか。

まあ、そう書くと書店さんを非難しているように思える。けれどきちんと言っておこう。アポなしで訪問しているこちらが悪い。

鈴木輝一郎の本は、初版部数の関係で、大都会のマンモス書店にしか平積みされていない。

新刊が出たときに書店に挨拶まわりに行く場合、岐阜に住んでいる関係上、書店を訪問するために出張する日時は限られる。いきおい、こちらの自己都合優先になる。やむなくアポなしの飛び込みが中心になる。

もちろん三十年も新刊書店まわりをやっていればそこらへんのノウハウはある。在店時間は三分以内。お店とお店のお客さんに邪魔にならないような場所に立ち、書店の繁忙時間やレジの出入りのローテーションなどを頭にたたきこみ、行動には細心の注意を払っている。だが、それでもこうしたミスを犯すことはある。

二時を過ぎたころ、遅番の昼休みを終えた書店員さんが交代要員としてレジにはいり、そのときに目が合い、「どういったご用件でしょうか」と声をかけていただいた。

そこで宣材類を一式お渡しし、担当者への伝言をお願いして離脱し決着した。

難しいのは、これでここの書店さんでの鈴木輝一郎へのイメージが最悪に落ちてしまったのが確実だったことだ。

ただ、私は絶望はしない。

人の心は、必ず融けるからである。

神保町の東京堂書店は、三十年前に初めて訪れたときからずっと佐野さんが店長をしておられた。三十年前は哲学書などが中心の品揃えだった。店のレジの横にガラスに囲まれた『著者サイン本コーナー』があった。当時としては珍しかった。

レジのところで名刺を差し出したところ、いきなり佐野さんから「レジに立たないで！　お客様の邪魔になるでしょ！」と一喝された。ここらへん、指摘されないと気づかないところが、我ながらどれだけテンパっていたか、よくわかる。

ともあれ自著にサインをして手渡したとき、つい、視線が『サイン本コーナー』に行った。間髪いれず、佐野さんが苦笑しつつ「まだまだ」と言った。吉行淳之介や安岡章太郎のサイン本がならべてあったんだから当たり前だわな。

それから毎回、新刊が出るたびに東京堂をおとずれた。佐野さんに献本を手渡すたびに視線が『サイン本コーナー』に行き、佐野さんに「まだまだ」と言われた。

そんなやりとりが十年ぐらい続き、『片桐且元』（小学館）が出てお店をおとずれたとき、佐野さんから「んと、十冊ぐらい配本があったから、サインしておいてくれない？」とさらっと言われた。

それから佐野さんが定年になるまで、訪問するたびにサイン本を置かせ続けていただいた。

人の心は、必ず融ける。


いまからは信じられないだろうが、三十年前は「小説家が書店に『私の本をよろしくお願いします』と頭を下げに行くなんてとんでもない」という考えがほとんど。

私はたまたま自社製品をホームセンターに納品していた時代で、業者間の売り場の争奪戦に揉まれていた。棚に陳列してあるフェイスを確保することは売り上げに直結している。店に新製品を置いてもらうことが最も重要なことだった。

新刊の書店まわりはそれと同じ発想だった。要するに「書店員さんに鈴木輝一郎という作家の存在を知ってもらうこと、そしてよりよい場所に一日でも長く置いていただくために」ということだ。

それ以前、新宿のスナックやバーを中心にカラオケの飛び込み営業をやった経験から、この種の営業活動は九割九分が無駄足なのはわかっていた。だから当初書店員さんからの反応が鈍いのはしかたない。

閉口したのは、同業者や編集者の「みっともないからやめなさい」「イロモノと思われるからやめなさい」「あんなパフォーマンスはやめろ」といった雑音の多さのほうだった。エッセイで名指しで忠告されたこともあるし、酒席でこんこんと説教されたこともある。

唯一の例外は、大沢在昌さんに「輝一郎君みたいに田植えするように読者を増やすタイプの作家は見たことがないので、いいことか悪いことかはわからない。だけど、やるんなら一生やり続けなさい」と励まされたことか。だから、続けている。

で、いまはというと。

都内で新刊書店まわりをしているとき、ベテランどころの編集者が若い作家を連れて書店を挨拶してまわっている場に遭遇する機会が増えた。

意外なのは、若い作家が「出版社から『書店に挨拶に行く作家が増えすぎてて、書店さんの通常業務が滞るからやめろ』と言われるようになったんですよ」と愚痴るようになったことだ。まあ、飛び込み営業ができるような人物ならそもそも小説家はやっていないんで、何をやらかしているか、だいたいの想像はつく。ただ隔世の感はある。

それにしても、こつこつ続けると、人の心と時代は、融けるし変わるもんではある。

処世術編

ボツ原稿供養なんてヌルいことやってたでござる

アマチュアは作品がアマチュアなんじゃなくて性根がアマチュアだなあって話。

大沢在昌さんのエッセイでよく出てくるのが、「デビューするのは簡単。デビューしてからが大変」って言葉。いまは人口に膾炙しすぎて元ネタを知らない人がほとんどだけど。

これ、デビュー前は「デビューできたからそんなこと言えるんだよね」なんて具合に右から左に聞き流すもんですな。デビュー後に苦労している同業者知人たちと話をすると、例外なく全員がそう思ってる。

「プロであり続けることは過酷」ということは知られつつあるけれど、まあ、これほどまでとは思わないいんだよね。

ぼくの場合、二十五歳で書き始めて三十一歳でデビューするまでの六年間、短編で三十本、長編二本、あわせて四百字詰め原稿用紙換算でだいたい三千枚ぐらい書いた。

ところが三十二歳でデビュー二作目の『狐狸ない紳士』（光文社）が出るまでの一年六ヶ月の間、二四〇〇枚書いて全部ボツになった。プロットや企画書もまったくオッケーが出なかった。

デビュー前には固有の不安がある。「活字になるあてのない作品を、いつまで書き続ければ済むのだろうか」という不安ね。人間、先の見えない努力はできないもんです。これはある程度キャリアを積み、リスクヘッジも考えるようになり、「ちゃんとしたものを書けばかならず原稿の買い手がつく」という具合に筆力に自信がついてくると消える。

デビュー後は「これ一作で消えてしまうかもしれない」という不安がある。これはもう、この仕事をやっているとずっとつきまとうもので、つきあってゆくしかしょうがない。

ところが、デビュー後間もないころは、この二つの不安が手に手をとってやってくる。これはかなりきつい。


まあ、表題の話。

小説講座でおなじぐらいの時期にデビューした連中が集まったとき（同じ小説講座に同じ時期にデビューした奴がいる、ってことが、いま思い返すと凄いことだけどね）、やはり同じぐらいボツを繰り返して閉口していた。

で、「ボツ原稿供養をやろう」と誰かが言い出した。真夏のことだ。

何人かが集まってお台場に繰り出し、缶入りの花火を買ってきて、勤行集を「帰命無量寿如来」なんて読み上げながら、ボツになった原稿にライターで火をつけ、缶に投入してゆくわけだ。

最初はシャレで、「バカなことやってるねー」なんて笑っていたんだけど、読み上げるにつれて、だんだん口数が減ってきて、みんな黙り込んでいった。自分の原稿が炎とともにどこかに消えてゆくのは、自分と重ねあわせて、なんとも言えない気分になるもんです。

とはいえ、花火がとってある。

それぞれ花火を手にとって火をつけると、それまでの沈んだ気分はどこへやら。まあ、能天気なもんです。わいわいがやがやしながら、手持ち花火や打ち上げ花火で楽しんだわけだ。

で、最後の流れで線香花火になる。

「花火のシメはこれだよねー」

とかなんとか言いながらめいめい線香花火に火をつけたところ、ひとりが、よせばいいのに、

「この線香花火の火が、ぼくらの作家寿命を占うんだ」

なんてヨタをとばしたもんだから、全員が息をとめ、それぞれの線香花火の火の玉を見つめちゃうという、異様な花火大会のシメになったんでござんした。

ちなみに、このときいっしょにいた仲間で線香花火の火の玉が最後まで残ったのは篠田節子さん。だったらこのヨタが当たったかというと、真っ先に火の玉がぼたっと地面に落ちたのは、ぼくだったから、まあ、ヨタはしょせんヨタだということで。


いまから考えると「一年半で二四〇〇枚のボツ」って、つまり「一ヶ月二百枚しか書いてない」ってわけで、この程度で半べそかくんだから、かわいいもんっす。

「一ヶ月に二百枚」といっても、プロットも立ててない、登場人物の履歴書もつくってない、ストーリーも書きながら考える、売りやテーマも漠然としてる、という具合で、早い話が、「本来なら原稿に起こす前にやらなきゃならん準備を、書きながらやってるから二百枚こなしているように見え

るだけ」って代物で、これではボツになるのは当たり前だよね。

はっきりいって、アマチュアというのは作品がアマチュアなのではなく、性根がアマチュアだ、ってことです。


それはそれとして、このときの経験で学んだことはふたつ。
一、ボツを怖がっていたらこの仕事はやってゆけない。
二、鈴木輝一郎という小説家は企画書やプロットで読者をうならせることはできないタイプだ。ということ。
だもんで、仕事のオファーがあったときには、ざっくりとした打ち合わせをしたら、とりあえず本編を書きあげ、完成原稿を渡すことにした。これだと作品の魅力がプロットやストーリー以外のところにある場合にも担当者には伝わる。ボツで原稿差し戻しとなった場合にも、手元には執筆経験と執筆にともなって得た知識と未発表の完成原稿が残る。

もちろん時間的なロスが発生するのは避けられない。編集者の指摘で「作品構造的に根本的に不可」というものが判明し、再生不能がわかると、そのままパソコンのハードディスクの闇に消えてゆく。


それにしても「ボツ原稿供養」ねえ。気持ちはわからんでもないけれどさ。

ボツ原稿は、焼いて成仏させるもんじゃない。埋めて肥料にして芸の肥やしにするもんだよね。

執筆編

突然現場に放り出されて戸惑うんでござる

デビューほどない新人作家何人かに「いちばん悩んだところはなに？」とたずねてみた。

共通しているのは、

「いきなり何もわからないまま仕事がスタートする、ってところが怖い」

ということ。

「どんなところがわからなかった？」

って具合にひとつひとつチェックしてみると「え？　これを知らないのか？」と意表を突かれることがけっこうある。文芸書籍の世界に三十年もいると、とっくに常識だと思ってて疑問も持たなくなってるよね。

当たり前だけど、デビューしたばかりの新人作家は何も知らない。デビューするまで編集者と話すこともなければ、「ゲラって何？」と制作のこともわからない。

どこからどこまでがどこに権限があって、作家が口を出せるところと出せないところと出しちゃいけないところがわからない——というか、「何がわからないかがそもそもわからない」というのが近いかな？

どんな仕事でも、プロとアマとの決定的な差は「間接業務がこなせるかどうか」ってところにある。

たとえば舞台俳優やジャズシンガーみたいなショービジネスの場合、演技力とか歌唱力とかいう以前に「体調管理」ってものが重要だよね。「その日、その時間に、舞台に立っていること」で、風邪をひかないとか暴飲暴食は避けるとかね。

小説家の仕事は自営業としては間接業務はきわめて少ないのが特徴だけど、ゼロじゃない。

原稿の進行管理や、編集部への進行報告、執筆用パソコンのメンテナンス、プリンターのトナーやインクカートリッジの補充や用紙の補充。

出張や取材や現地踏査などでは事前の調査で地図をチェックしたり行程を組んだり切符を手配したり。

まあ、こまごましたことがあるわけだ。

あと、「編集者とどう接していいのかわからなかった」というケースもけっこうある。

カタギの日常生活では、出版社の編集者と接する機会なんざないから、わからないのも当然ではある。

よほどの本好きでも、書店の店頭にならんでいる作家の名前ぐらいしか知らないし、小説の本を開けると小説の中身しかないので、作家以外の作業工程を知らない。

書き上げた作品が読者の手元に届くまで、膨大な人間がかかわっているけれど、著者以外の情報に気づくのは珍しい。

実は、作家が作品を書き上げるのは、全体の流れのほんの一部にすぎない。

全体のおおまかな流れはこんな感じ。もちろん例外は多数。

担当編集者が「これでオーケー」と判断すると（実はここまでがいちばんあれやこれやあるんだけど、これはまたいずれ）、原稿を印刷所にまわしながら装丁を決め、フォントなどのブックデザインをし、制作原価計算をし、営業部との会議でタイトルやキャッチコピーを決める。

編集部での作業が終わり、印刷所から製本所をまわるのと並行して、営業部は書店をまわり、「次はこんな新刊が出るのでよろしく」と棚のフェイスを押さえる（そうじゃない場合もたくさんある）。その一方で書籍は再販価格制度の対象で、基本的に委託販売なので、返本リスクがともなう。出庫調整も営業部の仕事になる。

出版社から取次（書籍の問屋です）を経由して書店に本が届くと、書店員さんが送られてきた段ボールを開封して陳列してゆく。配本数などから陳列場所や陳列期間が決められ、陳列期間が終わって売れ残った本は、再度段ボールに梱包されて返品される。返品された本は、たいていは断裁処理されてトイレットペーパーや段ボールに再生されてゆく。

ぼくがデビューした当時は「返本率が五十パーセントを超えると作家生命が断たれる」といわれたものだったけど、いまは五十パーセント程度の返本は普通にあるので、その程度の返本率ならだれも気にしない。いい時代になった——って、そうじゃないそうじゃない。

ひとつ断言できるのは、小説家の業界では、新人賞を受賞するや否や、OJTとかインターンとかいった研修期間を経ず、ブラザーやメンターといった指導者や助言者なしに、いきなり現場に放り込まれる、ってところ。

ほとんどの場合、デビューすることを想像せずに執筆しているんで、デビュー後の準備をまったくしていない。新人賞を受賞しても、自分がどのぐらいのポジションにいるか、わからないし、そもそも誰に何を聞いていいのかわからない。

いちおう、カバーする方法はある。

小説講座に通っていたのなら、デビューしている先輩に聞くとか講座の先生に教えてもらうとかいう手がある。鈴木輝一郎小説講座のYouTubeのダイジェスト動画だけを観てデビューする人はけっこういるんだけど、たいていは一冊こっきりで消える。デビューできるような作品を書くだけならダイジェスト動画だけで十分だけど、それ以外のところを学んでいないからね。

あと、推理作家協会などの同業者団体に入会して同業の先輩の友人をつくり、オフラインの情報を交換する、とかいう手もある。

ぼくがデビューしたばかりの頃は、銀座の文壇バーも体力があった。「学割価格」といって、ボトルさえ入れておけば、五千円でゆっくり飲めた。そこに集まる巨匠や文豪と同席して、業界のあれやこれやを教えてもらった。まあ、銀座が小説学校の役割だったんだけど、文壇バーも数えるほどしか残っていない。

いまはパーティなどのあと、知人たちとつるんで飲みにいくんだけどさ。これだと欠点がある。気の合う友人たちと一緒だと「聞きたくない&関心のない、だけど重要な情報」が入ってこない。

今回は、なんだかまとまりのない話になっちゃいましたね。オモロイ話はあらためて。

健康編

果報は寝て待て待ちたくなくても寝ろでござる

小説家というと「不健康」というイメージはあって、まあ、当たっている部分はある。

「認知症にならないための『一、十、百、千、万』」なんて標語がある。

「一、一日一回笑う。十、一日十人の人と会う。百、一日百文字書く。千、一日千文字読む。万、一日一万歩あるく」

だそうだ。この話を同業者にすると、ほぼ全員が心配そうに「『一日十人の人と会う』にコンビニの店員さんはカウントされますか？」と聞いてくる。うん。ぼくもそこがいちばんハードルが高いかなあ。

人間、生まれた日と死ぬ日以外は全員にひとしく一日二十四時間しかない。だもんで新人のころは、真っ先に削るのは睡眠時間ですわな。三十代ぐらいまでは睡眠を削ってもけっこうなんとかなるものだし。

睡眠時間の削り方には二通りある。

その一、とりあえず起きて書く。

その二、枕元にメモ用紙を置いて横になり、何か思いついたら起きて書く。

――いかにも身体に悪そうだ。

その一「とりあえず起きて書く」はその通り。締め切りが迫ってきて、頭のなかにだいたいの話ができていて、あとは書くだけ、って場合、無理矢理起きて書き続けるという方法。

先輩の##さんは、「##！　寝るな！　お前はすごいんだ！　読者が待っているんだから寝るな！」と自分を怒鳴りつけながら書いていたそうだ。寝台列車がある時代、同業者たちと移動中、寝台車で絶叫している##さんと同室になった人から聞いた。

ぼくがよくやったのは太ももに画鋲を刺して眠気を飛ばすの。「おおっ！」とかいって目を醒ますと、とりあえず何枚か進む。

その二「枕元にメモ用紙を置いて横になり、何か思いついたら起きて書く」は、ネタが思いつかずにどうしようもないときに使う方法ね。

発想は基本的には異なったトピックとトピックを結合させて生まれるんだけど、起きているときは自制心が働いて、この「異なった」トピックを結びつけられない。

入眠時催眠といって、眠りに落ちる直前、このガードが外れてアイデアが生まれる。ミシンを発明した人は、夢の中で「針の穴を元ではなく針先につける」って思いついたそうだけど、そんなようなものね。

もちろん、寝る直前にアイデアが降りてくるたび、がばっと跳ね起きてメモするんだから、結局まったく寝てないことになる。

で、そうやって書かれた作品の出来はどうかというと――あまり変わらないかな？　誤字脱字変換間違いは増えるんで、推敲の手間は増えます。はっきり言って、無理に睡眠時間を削るくらいなら、素直にサクッと寝たほうが効率がいいっす。

睡眠時間を削ると「命を削って書いているぜ」って実感はしますけどね。ただ、命を削って書くことと面白い作品を書くこととはイコールじゃないのがわかるのは、それなりにキャリアを積んでから、ですねえ。無理をしている自分に酔う時期も大切だけどね。

睡眠不足は年齢に関係なく健康を直撃します。

真っ先に腰をやられるかな？　あと、強烈に肩凝りが起こって頭痛がとれなくなる。一時期、どうにも頭痛がとれず、MRIなどで脳のチェックをしたんですが、異常なく、結局、異様な肩凝りが原因だった。鍼を打ったら一発で解消しましたが。

あと、睡眠不足は鬱病を誘発する。これはけっこう怖い。

睡眠を削る生活なんざ、そう長くは続けられないんだけど、そのことに気づいた頃には、ちっとやそっとでは眠れない体質になってる。

この業界にいると不眠症は職業病で、やたらに詳しくなる。ぼくは二つの睡眠薬を交互に使ってます。よく知られているハルシオンはぼくには鬱を誘発するので、何度か使ったものの、やめました。

舌下で溶かすと早く眠れることを知って、しばらくは水なしで舐めてましたが、ある時期からこれをやると口の中が真っ青になった。睡眠薬のなかにはデートレイプドラッグに使われるものがある。防犯上の理由から、水に溶かすと真っ青になるとのことだそうだ。

あと、睡眠薬は依存性が高いので（異論はあるだろうけど、依存症の現場からの報告からは、そうです。「なんでお前が薬物依存症の現場のことを知っているのか」という話はあらためて）過剰摂取も厳禁。以前、夜行バスを使っていたころは眠れないんで睡眠薬をオーバードーズしてましたが、乗り換えの電車のなかで眠りこけて乗り過ごすことを何度もやらかしたのと、同業者知人がオーバードーズで窒息して死んだんで（睡眠薬の過剰摂取だけでは死なない）、一回一錠を厳守してます。医者から指示された用法用量を守るのが重要。処方さえ守っていれば睡眠薬は怖いものではありません。


超多忙な同業者知人に「いったい、いつ寝てるの？」とたずねたところ「睡眠時間は最優先で確保してる。寝たほうがたくさん書ける」という。

「『目覚まし時計なし健康法』を実践してる」だって。

つまり、目覚まし時計をかけないで寝る、目が醒めるまで寝る。体調がよければ早く目が醒める。起きられないときは体調がよくないので、そのまま寝続ける、という健康法だそうだ。勤務時間に拘束されない、小説家だからこそできる健康法だよね。


とにかく、睡眠は大切っす、ほんと。

心がけ編

他人に笑われるぐらいがちょうどいいでござる

鈴木輝一郎小説講座の受講生には、「ぼくは笑わないから、講座のなかでは『プロになりたい』とはっきりいいなさい」と伝えるようにしています。

うちの講座は毎年誰かがプロデビューしているんで「新人賞を受賞してプロになる」ってのがそもそも笑い事でも夢物語でもない。あと、自分の経験上、いろんな人にいろんな形で笑いものにされるんで、いまのうちに慣れておきなさい、ってことでもある。

まあ、デビューする前からいままで、いろんなことをやって、いろいろ笑われたし、「やめておけ」と忠告されることもけっこうあったんですな。

デビュー前でいうと、岐阜から東京の小説講座に新幹線や夜行バスで通ったことかな？

亡父からは「夢ばかり追っかけてないで真面目に仕事をヤレ」と説教されたなあ。

デビューしてしばらくは、銀座に行くたびに『エル』の一階にあった「八官神社」ってところの護摩木に「推理作家協会賞がもらえますように」と書いて祈り続けて笑われた。ノベルス小説の陳列穴埋め要員として出た作家にとって、推理作家協会賞なんてのは候補になるだけでも雲の上のそのまた上の話だったんで、望んで笑いものになるほうが当たり前ではある。

新刊が出たときに書店へご挨拶に足を運ぶことや、著者が自分で店頭陳列用のPOPを描くことを笑われなくなるまで、だいたい二十年ぐらいかかった。記録をチェックすると、二〇〇〇年の時点でもまだ、長野の書店組合で「みずから書店に営業をかける作家」ってタイトルで講演をしている。十年ほど前からいろんな作家が新刊書店まわりや手書きのPOPを描くようになって、ようやく笑われることは減ってきた。

とはいえ、いまだに笑われていることはある。

新刊が出るたびに新刊の書名とISBNコードの入った名刺を作って、パーティなどで新人・旧知に関係なく配っているんだが、旧知の編集者は「また新しい名刺ですか」と微妙な反応を示す。陰で笑っている場合もあれば、面と向かって苦笑する場合もある。

自分でも品がないとはおもうものの、「またですか」と笑われるということは、それだけ印象に残っていることでもある。もっとも重要なことは「鈴木輝一郎はいまこんな仕事をしているんだ」と覚えてもらうことだ。

鈴木輝一郎という小説家は、大々的な広告はめったに打たれず、書評にとりあげられることもなければ、ヒットチャートを驀進するわけでもなく、出版社の期待を一身に背負っているわけでもない、いってしまえば、かわりはいくらでもいる作家に過ぎない。

何もしなくても売れる作家はいるけれど、ぼくはそうじゃない。ほかの同業者と同じことをやっていたら、あっという間に忘れ去られてしまう。

別段卑下しているわけじゃない。自分のリアルな生活圏のなかで小説家鈴木輝一郎を知る人はほとんどいないんで、自分の無名性を常に確認し続けているってだけだ。

ここらへんは岐阜に住んでいるのがプラスに働いているかもしれない。

この業界、売れる売れないと無関係に華々しく扱われることはけっこうあって、たいして実力もつかないうちに周囲を業界関係者だけで固めてちやほやされ、巨匠になった気分になって舞い上がり、消えていった同業者をたくさん見てきた。

出版社には「原稿を買ってもらって本を出していただいている」立場だ。

打席に立たせてもらえば必ずコツンとバットに当てて走って足で稼いで内野安打にしてシングルヒットにしてチームに貢献している、ってところか。——イチローかよ、俺は。キイチローだけど。

デビューしてから延べ軒数で三千軒ほど書店さんを回った経験での実感だが、鈴木輝一郎という小説家は、書店さんによって育てられた。ヨイショではない。

拙著のバックナンバーをそろえてくださっている書店はとても多い。新刊の書店まわりのときに「いついらっしゃるかと思ってました」と声をかけていただくことも一度ならずある。鈴木輝一郎は村上春樹じゃない。陳列するだけで売れる作家ではないのだ。

こんな話をすると「お前にはプライドがないのか」と言われるんで申し上げておくと、いい作品が書けるのなら、小説家としてのプライドなんざどうでもいい。作品の内容で妥協できないのだから、ほかのところはいくらでも妥協する。


いい作品を書くための最も重要なことは何か？

それは目の前の作品を売ることだ。

数字があがれば次の作品につながる。次の作品につなげることができれば、次はもっといい作品が書ける。打席に立たなければホームランは打てない。内野安打だろうと四球だろうとデッドボールだろうと、出塁率が悪ければ次の打席に起用されない。

いい作品が売れるとは限らない。いい作品を書こうという努力は持ってて当然だし、いい作品を書こうという情熱も重要だ。ただし、努力に酔わない。情熱に甘えない。やることはとても多い。

生き残っていれば、かならずいい作品は書ける。そういうことだ。

まあ、そんなこんなで、同業者に笑われるのは「そのぐらいインパクトがあることなんだ」と気にしないことにしたのと、「あれはやめなさい」という忠告は無視することにした。しない後悔よりはやっちゃった後悔のほうが経験値はあがる。
問題は——自分が「やめなさい」という側にまわらないようにすることだよね。知らぬ間にコゴトジジイになってるからなあ。

収入が低いことより固定収入がないことが恐怖なんでござる

小説家の収入のなかで、他の職業と最もおおきく異なるのは、不労所得のしめる割合の大きさだろう。

小説家の収入は不労所得で決まる。

しかも、同じ不労所得といっても、利息や配当などとはちがい、どのぐらいになるものかは、蓋をあけてみないとさっぱりわからないんでござる。

小説家の収入の内訳としては、主なものとして原稿料と印税（著作権使用料）がある。

原稿料は「原稿を書くことに対する対価」で、まあ、みたままです。これは勤労所得。

印税は単行本が刊行された際に支払われるもので、これは定価の八％から十三％。

刷った部数に応じて支払われる場合と、実際に売れた部数だけを支払う実売印税にわかれます。

印税を不労所得だと勘違いしている人は多いけれど、書き下ろしの場合、本が出るまで一銭も入らないわけで、初版印税は事実上の勤労所得です。

印税はさらに重版印税と文庫印税がある。重版印税は文字通り重版がかかるたびに入ってくる印税。

文庫印税は、単行本として刊行された作品が文庫化されたときに入ってくる印税。

どちらも不労所得のように見えるけれど、いまは刊行前重版といって、初版部数を削っておいて、書店さんからの注文が多かった場合、店頭に並べる前に重版をかける、という方法で部数調整をすることがあるんで、最初に店頭にならんだものが勤労所得になる事情はかわらない。

文庫印税も、文庫書き下ろしだと単行本印税が入ってこないっす。


電子書籍は基本的に「文庫の変則的なもの」という位置づけで、不労所得です。

一冊単位で売り上げがわかるせいか、こちらは実売印税が基本。

ぼくの本は三十年ちかく前から電子書籍で販売していますが、amazonが電子書籍に乗り出してから爆発的に——具体的には三ケタぐらい増えました。

そう書くとすごそうですが、年間何十円という単位が年間何万円という単位になっただけですけどね。


テレビのコメンテーターの出演料や講演の謝礼などは働いたぶんしか入ってこないので勤労所得です。例外的にNHKは再放送すると再放送出演料を出してくれます。

そのほかにテレビや映画になると映像化権料が発生して、これは不労所得。

だいたいの相場というものはあって、これは日本文藝家協会に問い合わせると教えてくれます。

ＮＨＫ相場と民放相場は別立て。さいきんはマンガ化されるのを想定して小説を書かれるケースもあって、このコミカライズ料も不労所得ね。

しかし、小説家の収入を決定づけるのはなんといっても重版印税です。

広告などで「百万部突破！」なんてある場合も、初版部数が百万部なのではなく、最初は何万部ぐらいのオーダーからスタートし、重版をかさねて百万部になるわけですな。

別の言い方をすると、仕事の忙しい・ヒマと、収入の多い・少ないとは、あまり関係がない、ってことです。

問題は、原稿料と講演仕事は、ある日突然やってきて、ある日突然終了する。小説の連載だと一冊にまとめることを前提にするので、終わりの日は必ずやってくる。

どんなに忙しい日々を送っていても、ある日連載が一斉に終了し、収入が突然ゼロになるときは必ず来る。これはけっこう怖い。

固定収入がなくなったって固定支出はかならずある。家賃や固定資産税、住民税、年金、保険、田舎住まいだと車の維持費、光熱費、食費。この歳になると「病んでる係数」といって、ただ健康を維持するためだけの毎月の医者代もかなりのものになる。

ぼくは左官コテの製造と販売の会社をながいこと経営していましたが、そこからみても、小説家ほど波の大きな自営業はそんなに多くない。

祖父から続いた左官コテの製造業はぼくの代でたたみましたけどね。左官業は工法と工程の関係で構造的に減少する宿命がある。顧客の仕事が小さくなっているんだから、赤字が出る前に清算してしまおうと決断し、実際に看板を下ろすまで三年かかった。

これにくらべると小説家の仕事は凄い。ある日一瞬で一斉に仕事がなくなることがけっこうある。もちろん、三十年もやってると、一斉に仕事がなくなった翌日に、こなせないほど仕事が殺到するのがわかっているけれど、毎回、仕事が途絶えたときは不安なもんです。

コテ屋さんの社長の収入は多いときでも小説家仕事の三分の一ぐらいだった。はっきりいって筆一本に絞ったほうが収入は増えるんですが、それでも長らく兼業をつづけてきたいちばんの理由は、やはりこの固定収入の魅力。とりあえず年金と保険料が払える程度はありましたからね。会社をたたんで筆一本で食ってゆくと決めるのは、けっこう勇気が要りましたな。

それにしても、なあ。

コテ屋さんの仕事、低空とはいえ安定はしていた。まさか小説家仕事のほうが生き残って、八十八年続いた左官コテの会社のほうを閉めることになるとは、想像もしなかった。

人生、わかんないもんです。

処世術編

編集者は雑用係でも上司でも友人でもなく仕事相手でござる

出版の主役は、実は編集者なんである。

文芸書籍の場合、タイトルや装丁、フォントの指定やキャッチコピーなど、すべての最終的な決定権は編集者にある。厳密には営業もからむので、出版社にあるわけだけど。

作家側にあるのは「いざとなったら出版権を引き上げる」という最終兵器だけ。通常兵力をほとんどもたず、核兵器だけ持ってどうにかしようとしている北朝鮮のようなものだ。小説家が北朝鮮と違うのは「作品を引き上げるぞ」と最終兵器をちらつかせたら「どうぞどうぞ」と自爆する可能性がものすげえでかいところ、かなあ。

小説家というのは「基本的にとても弱い立場だ」と念頭に置かないと痛い目に遭うんでござる。

「雑誌の編集者は鵜飼の鵜匠、文芸書籍の編集者は猿回し」とはよく言う。ぼくが言ってるだけだが。鵜飼のお客さんは鵜匠の綱さばきを見るけれど、猿回しのお客さんはサルの芸を見る。いうまでもなくサルは小説家のことね。小説家がサルと違うのは、自分で自分に芸を仕込んで自分を育てないとたちまち見捨てられることと、そこそこの芸ができるサルが次々湧いてきて自分の代わりがいくらでもいること、かな。

小説家の業界は「レアケースほど目立つので、レアケースのほうが普通だと勘違いされやすい」って特徴がある。

だもんで、日本中どこででも手にはいるような、ものすごい発行部数の作家の生活がスタンダードだと思っている人はけっこういる。

出版社と作家の力関係が逆転することがまれにおこる。この「まれ」が目立つから間違えやすいんだけど。

一般文芸の場合、作品は著者の名前で選ばれる（ライトノベルなどは事情が違います、念のため）。そのため「その作家の原稿がとれるかどうかで、その部署の売り上げが決まる」なんてことが起こる。百万部を超えると出版社の社員のボーナスを左右することだってある。

となれば原稿の売り手と買い手の力関係は逆転しますわな。

ドラマなどで「先生、お原稿を！」なんて編集者が作家に頭をさげているのは、そういう立場の作家だから。

とはいえ、一般文芸の場合、まったくの新人やそこそこの中堅でも、出版社からはそれなりに丁重にあつかってもらえるという慣習がある。誰がいつ「化ける」のかわからない業界なんで、化けたときの報復が怖いからね。

そんな具合で編集者が下手《したて》に出る環境にあるんで、編集者を雑用係と勘違いする新人作家もけっこういる。

出版社から「今年はお歳暮送ってこないよねえ」とぼやいたり。客はあっちで、本来はお歳暮送るのはこちらだよ。「パーティに呼んでくれなかった」って拗ねてみせたり。それはその出版社からリストラされた、ってサインだと気づけ。——まあ、これらはすべて自分の経験談なわけだけど。我ながら生意気で傲慢だったよねえ。


編集者は友人じゃない。親しくなっても甘えは禁物だ。

打ち合わせの席の雑談は、雑談ではなく商談の延長。馬鹿話をしながら自分の持ちネタを披露し、担当者の食いつきをチェックしたりこちらの持ちネタをチェックされたりする場でもある。

酒が出ることもあるけれど要注意。ぼくは断酒する前は本当に酒でよく失敗した。ワインのボトルを赤白赤白と手旗信号のように片っ端から空け、目を醒ますと京都駅で最終の新幹線が出たあと、ってことも一度ならずあった。


文芸書籍の編集者になるのは、実は小説家になるよりも難しい。一流の大学を一流の成績で卒業し、難関の就職試験をくぐり抜けてきている。総じて優秀で、他の業種にくらべて「ハズレ」の人材の割合が極端に少ないのが特徴ではある。

ただ、ごくまれに「?・」な編集者に当たることはある。事務能力が壊滅的だったり、メールの意味が不明だったり、無断でごちゃごちゃ原稿に書き足したりね。

こういうときは、まずその会社の他の編集者や業界関係者に「○○さんと組んでるんだけど」とそれとなく話を聞いてみることが重要。

実はほとんどの場合、作家側の思い違いか力不足ではある。

問題は「ほとんど」じゃないケース。文芸書籍は狭い世界なんで、アンタッチャブルな案件はすぐに知れる。「あの人に当たっちゃったの？」なんて残念がられることはある。

そんな場合にはその編集者と距離を置き、他社の仕事にとりかかる。まあ、狭い業界だから、そういう編集者は他でもやらかしている可能性大で、わりとすぐに異動でいなくなるんだよね。


いずれにせよ、編集者に対しては、仕事で組む相手として、キャリアと経験に対して敬意を払うことは重要。

担当の編集者よりも自分が上回っているのは年齢と小説の本文を書いた量だけであって、装丁やタイトルやキャッチコピーなどの作品のパッケージングについては、ほとんどの編集者が自分よりも経験が豊富。

著書が百冊を超える作家は多くはないけれど、文芸書籍の編集者は一人で一年で百冊の文芸書の編集をするのは珍しいことではない。


それにしてもこのエッセイ、「自分の恥をさらせ」ってテーマだっけ？

お金編

青春と未払いの原稿料は二度とかえらないんでござる

小説講座の先生の重要な仕事のひとつに「わるい大人にだまされちゃいけません」ってものがある。要するに新人賞などに応募するとき、応募前にぼくのところに相談しておいで、怪しい業者かどうか判断してあげるよ、って仕事。「お前がいちばん怪しげじゃねえか」とツッコミが絶対くるとおもうけど、ぼくは「怪しげ」であって「怪しい」わけではありません。

この数年の傾向としては、さすがに「共同出版で一発勝負に出る!」って人はいなくなった。以前は「どれだけ企画や原稿を書いてもカスリもしないんで、共同出版で出して一発逆転を狙いたい」なんて相談がけっこう寄せられたもんでした。どこの新人賞にもカスらない作品を本にしたって誰も買わない、ということは冷静に考えればわかりそうなものですが、冷静に考えられるようなら小説家を目指さないわな。

そのかわり「いけない大人に引っかけられる」案件が目立つようになった。

募集だけで受賞しても刊行の予定のない賞や、受賞しても出版の可能性のない賞、電子書籍だけの賞、そもそも主催母体が何者なのかがわからない文学賞などがけっこうある。

「○○賞はハードルが高そうだから、ラクに受賞できそうな賞はないか」といろいろ探してドツボにはまってゆくわけですな。
賞のカラーってものは存在するけど「受賞しやすい賞」などというものは存在しない。そもそも、そんな考え方で応募先を選ぶのって、過去の受賞者に失礼だし、過去の受賞作を読んだ読者にも失礼だよね。
なにより「ラクに受賞できそうな賞を探す」時間と労力があるのなら、その努力は作品を磨くことに振り向けたほうが手っ取り早くデビューできますわな。

結局のところ、人は自分が信じたい情報を正しいと思うってこと。これだけ情報にあふれ、簡単に情報が手に入る時代でも、情報を汲み取るのは結局本人なんだよね。

とはいっても、怪しげなオファーってのは気をつけていてもある。そして掲題のとおり、原稿料は「踏み倒した者勝ち」みたいな側面はたしかにある。はっきり言って、原稿料が安いところほど原稿料は踏み倒されやすいんで、訴訟だのなんだのやってるよりも、見捨てて次の原稿にかかったほうが早い。

未払い原稿料の取り立てで「虎の威を借る狐作戦」ってのをやったことがある。二十年以上前のことだ。
同業者知人と雑談していたら「$誌の原稿料が一年以上振り込まれていない」という話になった。

そのＳ誌はぼくも連載してた。相場の三分の一ぐらいの原稿料で、編集長兼社長がやたら居丈高だったが、書きたい素材を書かせてくれることになっていたんで、原稿料は目をつむっていた。ちなみにＳ誌は小説の連載を何本もかかえている一方、推理作家協会や文藝家協会などの同業者団体でみたことがなく、横のつながりがまったくないことはわかっていた。

だもんで同業者知人には「ちょっと待て」とつたえ、Ｓ誌の編集長兼社長を推理作家協会のパーティーに連れていったあと、その足で銀座の文壇バーに引っ張っていった。

当時、銀座の文壇バーに行くとたいていの巨匠同業者に会えた。

で、同席したあんな巨匠こんな文豪をＳ誌の編集長兼社長に片っ端から紹介し、名刺を交換させた。

書店の棚でしか知らないあんな巨匠たちと直接会ったＳ誌の編集長兼社長が、頬を上気させ、興奮気味なのを確かめたところで、その耳に、そっとささやいたんだ。

「こんな具合に狭い業界だからね。不義理をすると、たちまち広がって仕事にならなくなるよ」

その翌日、同業者知人から電話がかかってきた。未払いだったＳ誌の原稿料が一気に支払われたとのことであった。

ちなみにぼくはというと、二ヶ月ほど原稿料の未払いがあったのち、Ｓ誌が廃刊、倒産。二ヶ月ぶんほどの損害で済ませられた。原稿は書き下ろしぶんぐらいは先に書きためておいたんで、そのまま別の出版社に持ち込んで刊行した。

連載は、決まったらさっさと書き上げてしまい、何が起こっても無駄書きにならないようにするのは、仕事をするうえでの鉄則でござる。

原稿料の踏み倒されのいちばんの対策は、なんといっても怪しげな仕事や怪しげな相手と仕事をしないことだ。予防にまさる対策はない。

狭い業界なんで、たいていの場合知り合いだし「共通の知人」は必ずいる。

ただ、それでも未知の相手だった場合、検索をかけて裏をとるのは重要。

あと、慣れてくると、踏み倒す気まんまんのところはメールの文章でだいたいわかる。メールアドレスだけで自分の住所を書いていないとか、原稿料を示していないとか、日本語がおかしいとか。『リング』を夢中で読みました！」なんてよこす場合なんざ、ぼくの本を読んでないどころか、こちらの名前の検索さえかけてない。

——まあ、そうは言っても、面白そうなオファーはあるもんで、そんな場合には地雷覚悟で仕事しますけどね。


鈴木輝一郎小説講座で毎年誰かが受賞してデビューしているのは、受講生運がいいのはもちろんだけど、新人賞がやたらに増えている、ってことはある。

受講生から、聞いたことのない賞を「受賞しました」と報告され、だまされてないかと主催者をしらべてみるとでっかい版元だった、ってことが多くなった。

新人賞受賞作家爆発の時代、ですよねえ。

心がけ編

作家には定年がないが明日もないんでござる

担当の杉江さんから、

「なぜ作家であり続けるのか、ということを読みたい」

とリクエストがあった。このメールを読んで何日か考えこんだ。意味が理解できなかったからだ。

で、ふと、

——杉江さんは「作家であり続けようとするために、どんな意思とか情熱が必要なのか知りたい」

という意味ではないか？——

と思い至って意思の齟齬に納得した。おたがいにものすげえ誤解があった。

作家が会社員と決定的に違うのは、仕事をやめたり続けたりすることについて、人間の意思はほとんど入らない、というところなんでござる。これは固定給のある人にはわからない。

小説家には定年はないが明日もない。小説家が仕事をやめるのは、
一、書けなくなって筆を折るか
二、売れなくなって次が出せなくなるか
三、死ぬか
のどれかしかない。このうち、人間の意思が入れられるのは三しかない。そして、ちょいちょい
この三つは手に手をとって白鳥の湖をBGMにパ・ド・トロワを踊りながらこちらにやってくるん

である。デビューは意思と努力でけっこうなんとかなる。ただし、作家であり続けるには、自分の意思や情熱や努力だけではどうしようもない。

なぜ鈴木輝一郎が作家であり続けているか。

ごっつ誤解されている模様なのではっきり申し上げる。

小説家鈴木輝一郎は売れているからである。

大化けはしていないし賞に縁遠く書評にあがることもなければネット書店のレビューもほとんど書かれない、地味で目立たない作家ではある。

ただし、実売の底が固く、書店の店頭売りと、店頭から消えたあとのロングテールな売れ方に強い。書店の店頭で買ってくださる読者と、書店から消えても図書館で拙著を見つけて興味をもち、過去作を探して買ってくださる読者にささえられている。

エッセイは『新・何がなんでも作家になりたい！』以降、小説は『信長と信忠』以降、この十年、初版部数を削られたことがない。

ことあるごとに「本が売れない」と嘆きが多い時代に申し訳ないが、実は作家人生のなかで今がいちばん売れている。いまだから言ってしまうが、近刊の歴史小説『桶狭間の四人』の初版部数は、日本推理作家協会賞受賞作を収録したハードカバー『新宿職安前託老所』の初版部数のほぼ二倍である。

十数年前、河出書房新社の太田さんと打ち合わせをしたときのこと。

「大切な話があります」

と切り出された。

「弊社で何作か出させていただいたのですが、『何がなんでも作家になりたい！』以外がことごとく玉砕しています。次の作品の返本率次第で弊社からは刊行できかねますので、ご了解ください」

とはっきり言われて衝撃を受けた。

作品自体は冒険をいとわない担当者で、戦国の歴史を舞台にした伝奇小説のミステリーや、関ヶ原合戦の落武者と関ヶ原に住む薬種問屋の女主人の大人の恋愛小説だとか、けっこう冒険をさせてくれたし、作品の出来もよかった。

ただし、中身がいいだけでは数字にはつながらない。努力に酔い、情熱に甘えて、足元を見ていなかった。プロなんだから、頑張ったからいいでしょ、なんてことは通じない。早い話が、「冒険している頑張った君」になって売り上げで自爆した、ということだ。

そこで大きく方針を転換した。芸術家を気取るのではなく、読者に楽しんでいただける職人に徹することにしたのだ。

その直前、『片桐且元』でそれなりに当てていたんで、歴史小説のコンサバティブな書き方は承知はしていた。女性を主人公にし、舞台は戦国時代。タイトルは無駄に凝ることをやめ『お市の方』とした。

刷り部数と定価からページ数を割り出す。本は技術的な理由から八ページ単位で構成されている。

このページレイアウトから外れると製本コストがはねあがり、定価に響く。指定された文字組みでもゲラにするとかなり増えたので、ゲラの段階でごっそり削った。

その結果『お市の方』は、重版こそかからなかったものの、しかるべき数字をはじきだし、次の作品へとつながり、今日にいたっている。

こうしてこの業界に生き残っていられるのは、河出の太田さんの提言のおかげだと断言していい。普通の編集者は作家の耳に痛い忠告はしない。売れなければ次から仕事を頼まなければいいだけのことだ。鞭を打ってくれたおかげで、冒険と慢心を取り違えた、ってことを教えてくれたのだ。


北方謙三さんが何年か前、ある日を境に急にスリムになった。血色がよいまま細くなっていたので、やつれたのではなく、ダイエットなのはわかった。

「とにかく食べるのが趣味で、陰にかくれてコソコソと冷蔵庫をあさるほど」とは聞いていたんで、冷やかし半分で、「なんでダイエットする気になったんです?」と聞いた。

「んー、まだ書きたいものがあるんでね」と照れくさそうに笑いながら続けた。「いま死ぬわけにはいかねえんだ」

立ち話のことで、詳しい日付は覚えていない。たしか『三国志』を書き上げ、『水滸伝』を書き終えたあたりだったころだ。

書きたいものがあり、書くチャンスがあれば、どんなことをしてでも書くのが作家、でもある。

作家とは、職業ではなく状態なんでござる。

プロモーション編

名刺を交換しなきゃならん相手は俺を知らないし興味もないんでござる

デビューした受講生から「名刺を作りたいんですがどうやったらいいですか」と質問を受ける。そんなときは「名前と連絡先がわかれば十分だよ」と答えることにしている。

新人なんだから書くべきキャリアはないということと、ぼくが作っているような名刺を手本にしても、名刺交換した相手から冷笑されて辛いおもいをするだけなんで、「まあ、真似しないほうがいい」とは伝えている。

ぼくは名刺はパソコンで自作していて、新刊が出るたびごと、新刊がない場合にも新年会などで人に会う場合にはそのたびごとに「謹賀新年」の名刺を作っている。

見開き二つ折り四ページのものだ。本来は会員証のスタンプカードなどに使われる用紙を、名刺の用紙として使っている。けっこうな割合で二枚一緒に渡されたと思う人がいるんで、「二つ折りの見開きです」と伝えると、「おお!」と驚くか微妙な表情をされる。

表は名前と住所と連絡先と顔写真と新刊の書影。顔写真が入っているのは、名刺交換した相手に顔と名前を覚えてもらうためだからだ。連絡先は業界関係者に配るものは携帯電話を、それ以外の場合には固定電話を刷り込んである。

裏は略歴とQRコードが印刷してある。QRコードは読み込むとその場でamazonの著作リンクに飛ぶ。書店さんに配る名刺のQRコードは鈴木輝一郎小説講座のYouTubeダイジェスト動画チャンネルに飛ぶようになっている。

パソコンで自作する名刺は五枚単位で作りわけができるのがありがたい。

見開きの左側は近著と、シリーズものであればそのバックナンバーが刷ってある。書名、出版社名、価格とISBNコードを書き添えてある。名刺を受け取った人がそのまま名刺を書店に持っていって「これください」と注文できるようにするためと、受け取った書店員さんが拙著のバックナンバーを取り寄せて展開しやすいようにするためだ。

右側はシリーズ以外の近著で、もちろん書名などの書誌情報とあらすじ。あと、講演の写真や鈴木輝一郎小説講座の実績をつけた案内が刷り込んである。

はっきりいって、名刺としては情報量が多すぎ、見た目がきわめて下品。左官コテメーカーの社長をやっていたときの鉄工所オヤジの名刺のほうがよほどシンプルで上品なんで、自分ではやるが同業者にはすすめない。

実際、新刊が出るたびに旧知の編集者や同業者に名刺を渡すと「またですか」とあきれられたり「うちには『鈴木輝一郎名刺コレクション』がありますよ」と苦笑されたりした。さすがに最近は「こんな名刺を作っているとイロモノと思われるからやめろ」と説教されることはなくなったが。

デビューするまで小説家の名刺なんざ、見たことも聞いたこともなかった。

吉行淳之介がエッセイで「未知のかたと顔を会わせたとき名刺を差し出される。『名刺を持っていませんので』とつたえると『いやいや、お名前はかねがね』と言われる。これは名刺を持っていないほうが嫌味だと気づいて、名前と住所だけが入った名刺をつくった」と書いていた。

ところがいざデビューしてみると、自分は吉行淳之介とは違うことがわかった。編集者が挨拶に来ない――という以前に、自分の生活圏のなかにそもそも小説を読む習慣のある人がいない。名前と住所だけを書いた名刺を差し出してもうさん臭がられる。「お名前はかねがね」どころか「ところで『本当』のお仕事は?」と言われるんで左官コテメーカーの会社の名刺をさしだすと納得される。

これじゃかなわんということで、名刺の表に真っ赤なインクで新刊の書名と出版社名を名前と一緒に刷り込んだ。名前と顔を覚えてもらうのが重要だ、とはカラオケのセールスマンをやっていたときにたたき込まれた。自分の顔写真は営業マン名刺用のシールプリントを貼った。

セールスマン時代、正月になると「謹賀新年」のゴム印を名刺に押して得意先をまわったが、これは「いつも足を運んでいる相手にも、機会あるごとに自分の存在を示しなさい」ということだ。「自分の顔と名前を相手に覚えてもらうまで、何度でも訪問して名刺を渡せ」ともたたき込まれた。新刊が出るたび、それを口実に名刺を作り替えているのはそのためだ。名刺交換するような相手は、こちらの名前も著書も知らないし興味もない。覚えてもらうためには、覚えてもらえるまで繰り返し名刺を渡す、ということだ。

実際、名刺交換した相手は、一度ぐらいの名刺交換では次に会うときまでに顔を忘れてしまう。

同業者の名刺だと、何を書いた人なのか書かれていないから覚えていない。

あたらしく知遇を得た同業者には後日自著を送り、ひとりでも読者を増やそうと心がけてはいるのだが、著書を郵送しようにも、携帯とメールアドレスしか書かれていない名刺も増えた。それどころか、いわゆる「なろう系」の作家になると、どれがペンネームなのかがわからないという事態まで発生している昨今なんである。

ちなみに、大きな声ではいえないが防犯上のメリットもある。何年か前、ぼくの秘書だと名乗る人物がぼくの名刺を使って詐欺をはたらいたことがあった。その名刺を見せてもらったとき、いつ、どこで配ったものなのかが判明したのだ。未遂に終わったんで警察には届けなかったが。

とにかく、名前と書名と顔を覚えてもらうこと。まずそこから、って話。

健康編

小説家に医者はけっこう鬼門なんでござる

歴史小説を中心に執筆していると図書館での講演の仕事がちょいちょいある。割と慣れてきたので、ツカミとシメはだいたい鉄板ネタでかためることにした。

講演仕事のツカミとして「意識混濁ネタ」ってのがある。

先日、急な腹痛で救急車を呼んだ。

腹をかかえてうんうんうなっている最中、当然、搬送中は隊員が意識確認をする。

「お名前は！」

「鈴木輝一郎」

「お仕事は！」

「小説家」

そのとき救急隊員、すこしもあわてずマイクをとり、

「あー、本部本部、患者、意識混濁してます」

あわてて「自営業だ」と言い直しましたがな。

講演などでは出せないけど確実に受ける医者ネタはこれ。

アルコール依存症が判明したとき、近所の精神科に飛び込み、問診が始まった。

「それでご職業は？」

「小説家です」

「わかりました。いつからそう思ってますか？」

結局、このときはいったん帰宅して、かかりつけ医（ここではぼくが小説家だということをカミングアウトしてる）に紹介状を書いてもらい、自著を携えて別の精神科に行きましたが。

ちなみに精神科は入院しないまま、三ヶ月ほどシアナマイドを処方してもらって通院、断酒が継続できたので、近所のかかりつけ医宛に紹介状というか報告書みたいなものを書いてもらって、それで決着。


この話を同業者知人たちにすると、みんな一様に、

「個人情報保護のやかましい昨今、医者で職業なんてきかれないよ」

という。医者ではたいてい「パソコンを使う仕事」とか「いちにちじゅう座っている仕事」とか言ってるんだそうだ。医者の待合室では意外と「隠れ小説家」って多い模様でござる。小説家は隠れキリシタンかよ。

ちなみに小説家よりも歌手のほうがいろいろ難しいらしい。ラテン歌手で中南米に関する著書もある知人は、職業欄が「歌手」だとマンションを借りることができず、「作家」と書いたら一発で通ったとのことであった。

ぼく自身も、言われてみれば医者・病院・医療関係で「小説家です」とカミングアウトしているのは、かかりつけの内科医、鍼灸医、アルコール依存症の自助グループだけ。国保なんで保険証を見ただけでは職業はわからない。

眼科では「パソコンを一日中見つめて、目を酷使している仕事です」で通ってる。

歯科は月曜の午後いちばんぐらいの予約で実に職業不詳な状態なんで「自営業だから時間の融通がきくんです」と言ってる。

鍼灸医は腰痛や肩凝りがストレス由来の場合がある。ストレスの原因をチェックする必要があるので、早い時期に白状した。

睡眠時無呼吸症候群の医者からは結局のところ職業はぜんぜん聞かれないまま今日にいたっている。

糖尿病医は亡父の担当医で、こちらはデビュー時に亡父がさんざん自慢しまくっていたせいで、隠すもへったくれもない。

アルコール依存症の自助グループは基本的に匿名参加なんだが、なにせ岐阜県在住の職業小説家なんざいないんで、いちいちカミングアウトしなくても、グループセラピーの話の内容で、なんとなく知れ渡ってる状態なんでござる。いちおう、自助グループ内での話は外に持ち出さないことになっているんで、あれこれ詮索されなくて気楽ではあるが。

先日、知人と大阪へバレエを見に行ったとき、乗り換えの米原駅で階段を踏み外し、十数段転落した。コケた瞬間、「手をつくと折れる」「オヤジが同じパターンで前歯を二本折った」とおもい、とっさに前方回転受身をとった。そのまま一気に階下まで回転してすっくと立ちあがればかっこよかったんだが、あと一歩のところで手すりの金具に額をぶつけて切った。

頭を打ったので、念のため救急車で運ばれ、レントゲンとCTでチェックしたが異常がなかった。結局大阪でバレエを観た。

自慢話を二つしておく。

さすが八光流柔術悟道館に入門して二十五年。稽古をサボりまくっても継続しただけのことはあって、十数段のコンクリートの階段を受身とりながら転落しても、ズボンは破れず上着もいたまず、ちょこっと汚れただけで済んだ。ズボンのポケットに入れておいた切符はビリビリに破れていたんで、転落の衝撃の大きさにちと驚いたが。

階段から転落したとき、救急通報してくださったかたが「四十歳ぐらいの男性が階段から落ちました！」と叫んでくれた。そう、遠目からだと四十代に見えたんでござる。

そういえばこのとき、救急搬送されながらも職業を聞かれなかった。バレエを見に行くんでそれらしい格好をしていたからだろう。

人間、医者にかかるときでも見た目は重要なんでござる。

執筆編

小説家とブルースハープはプロとアマが同じ道具を使っているんでござる

「どんな執筆環境ですか?」とよく聞かれるのと、執筆環境まわりの話をすると盛り上がる。ふだんは「どんな環境でもかまわんだろ、パソコンが原稿を書くわけでなし」で済ませるんだけど、せっかくの機会なんで。

ざっとしたリストを作ってみたら電子執筆環境の歴史になってて苦笑したでござる。フロッピーの出現から消滅までリアルタイムで経験してるよ、俺。

タイトル通り、小説家とブルースハープ(テンホールハーモニカ)奏者は、一流のプロも書き始めたばかりのアマチュアも同じ道具を使う、珍しい職業ではある。

現在の執筆環境の話をしましょうね。

ハードは無駄にハイスペックです。ただしぼくの場合、鈴木輝一郎小説講座の動画編集&配信という特殊用途があるので、例外だと思ってください。

現在の執筆環境はというと、デルのXPS 8930というデスクトップマシンでCPUはｉ7、メモリは48ＧＢ。このマシン構成で執筆するのはナタで蚤の頭を割るようなものです。

プロの小説家っぽいハードはモニターかな?

三台並べて使っています。正面は執筆用。左側のモニターはブラウザを立ち上げっぱなしにしてネット検索用。右側はファイル管理用。いくつものファイルやフォルダを同時に開けるので。

バックアップ用の外付けハードディスクは二台。

原稿のバックアップは外付けハードディスク二台とメーカーの異なる（同じだと初期不良が同じロットで出る可能性がある）USBメモリ二本、予備パソコン本体と予備パソコンの外付けハードディスク一台、という具合に合計六本とってあります。

バックアップのとりかたがいささか偏執的ですが、これはパソコントラブルに泣かされ続けた過去の経験からです。

プリンタはモノクロレーザープリンタとインクジェットプリンタの二台。

執筆用はモノクロレーザープリンタで、一万円台の安物です。さすがに「業務用」なんでトナーは純正のものを使ってます。

インクジェットもブラザーの安物です。名刺やチラシなどの印刷ぐらいしか使いません。

いずれにせよ、プリンタは酷使するので真っ先に壊れます。はっきり言って消耗品です。

最近、小説講座の受講生から「プリンタは必要でしょうか?」と質問を受ける機会が増えました。時代の差を感じますね。

執筆用のソフトは秀丸エディタが中心です。

エディタで書き、編集部に渡す紙原稿に整形するときだけはMS-Wordにテキストデータを流し込んでプリントアウトします。

　登場人物の履歴書や作品内時間管理、おおまかなプロット、作品の進行表などはエクセルで管理しています。

　ここらへんは小説家志望者のかたと執筆環境はかわらないかな。


　小説家志望者のかたと大きく異なるのは、ハードをまったく信用していないことと、ソフトの選択基準、かな？

　ハードは「故障してからでは遅い」ということから、デビューしてからは二年から三年ごとに買い換えています。

　デビュー前にワープロ専用機を三台買い換えていますが、これは技術上の事情です。当時のワープロ専用機には記憶媒体がカセットテープしかなく、長編の執筆に不向きだった。東京の小説講座に通うようになって長編の執筆環境を整える必要を痛感し、ブラウン管式の、フロッピーディスクのついたワープロ専用機を買いました。

　パソコンに乗り換えたあとの奮闘話はまたいずれ。


　ソフトは使いやすさよりも継続性を優先しています。

　長いあいだso14というアウトラインプロセッサを重宝して手放せなかったんですが、作者がバージョンアップを終了し、ソフトの公開を止めてしまったんで立ち往生しました。

プロット管理の面でエクセルはきわめて使いにくい（そもそもセルの中に文字を大量に書き込む仕様になってない）。ワープロソフトとしてのWordはいいところがまったくありません。

ただ、マイクロソフトの製品なんで、「ＯＳのバージョンアップが原因で使えなくなる」という心配はしなくていいので我慢して使っています。

あと、これはソフトではありませんが、キーボードも継続性を優先しています。

二十五歳でワープロ専用機を買ってから十年ほどは親指シフトで入力していました。ですが親指シフトキーボードのメーカー在庫が三十台を切ったという話を聞き、二ヶ月かけてローマ字入力に乗り換えました。

ブラインドタッチができるのはアルファベットだけ。そのかわりJIS配列でもＵＳ配列でもどちらでも打鍵可能です。

執筆環境にこだわらないことにしています。不意の仕様変更や製造中止に振り回されてきましたんでね。

ブルースハープはジェームス・コットンが使ってたのと同じものが楽器店で何千円か出せば簡単に手に入る。小説も、パソコン環境自体はプロとアマの違いはないっす。そこらへんが珍しいところ、かなあ。

お金編

たかが金でトラブるぐらいならサクッと明朗会計がいいんでござる

今回は原稿料の交渉の話。

一般文芸畑の相手と交渉するときにいちばん気楽なのは、ゼニカネの話をしないで済むこと、かな？　だいたい自分の原稿料のランクはわかるし、この社で俺のランクだとだいたい幾らぐらい、との見当はつく。

何より著作権法は紙ベースの小説ベースを元にして作られているんで、いちいち契約書を交わさなくても、信義則だけでどうにかなってしまう、ってことはある。狭い業界だから、カスなことをする奴は業界関係者にすぐに知れ渡るしね。

何十年か前、某大手出版社と仕事をしたとき、原稿料の支払いが四ヶ月ほど遅れた。踏み倒すような会社ではないんで、何があったんだろうと、同じ会社の編集者に電話をいれたところ、

「キイチローさん、いま、緊急でお金困ってます？」

「いや、金の問題より、こんな扱いを受ける理由に心当たりがないんで、自覚しない間になにかやらかしたんじゃないかと思って」

「ええと@さん（その編集者ね）のポカは今日に始まったことじゃないので、ちょっと我慢してください。原稿料については、うちは踏み倒すことはないので、急ぎでなければ安心してください。

それより、@さんとの縁を切らないで、@さんから学んでください」

「はあ」

「○○○○さんとか△△△△さん（どちらも昭和文学史に残る文豪）を発掘し、『□□□□』や『※※※※』（どちらも平成娯楽文学史に残るミリオンセラー）といったメガヒットを連発した、伝説の編集者ですから」

「げげっ！　だけど名刺みたらヒラだぜ」

「事務能力が中学生並みで、いろんな巨匠の逆鱗に触れてるからです」

まあ、こんな天才型の編集者は珍しいんですが。


問題は一般文芸畑以外からのオファーがきたとき、「ギャラの交渉をどうするか」ってところ。歴史雑誌からの解説や人物評論の仕事は、比較的文芸畑に近いかなあ。原稿料は明示してあることが普通です。特集記事だと有名どころの人物は重鎮が押さえているんで、ぼくらあたりはその脇役級の、渋くてマニアな人物を書くことが多い。一色藤長とか蜂屋貞次とかね。こういう仕事は勉強になるんで、ゼニカネは後回しにしてとりかかりますよね。

『歴史読本』で書かせてもらった森長可（森蘭丸の兄）は面白い人物で、史料も潤沢にあったので『戦国の鬼　森武蔵』（出版芸術社）という長編にまとめました。

問題は、文芸畑ではない相手と仕事をするとき。とても大切なことですが、

「ギャラの高い安いは最終的な読者・観客には関係ないから、ギャラとは無関係に、こちらは全力で仕事しなきゃならん」

ってことです。

「一時間半の講演枠を三十分で使い切っちゃって、あとは質疑応答でごまかした」なんて同業者の話はよく聞く。何もしなくてもファンが集まり、演者の顔をみるだけで満足するような作家ならそれでもいいんですが、鈴木輝一郎という小説家はそうじゃない。

時間と金を割いてきたお客さんに「来てよかった」と思ってもらうために、九十分の講演枠があったら、とりあえず構成と原稿を組んでざっとリハーサルやって、ダレる部分を削ったり、パワポのスライドを字幕のように突っ込みまくったりします。

九十分の図書館講演だと、六百枚ぐらいスライドを作って、ようやくお客さんを寝かせずにクリアできるか、といったところですか。

くりかえします。

ギャラが安いからといって仕事の手を抜くわけにはゆかない。

で、どうせ手を抜けないなら、「面白い仕事か」「芸の肥やしになるか」「読者を掘り起こす仕事になるか」という基準で仕事を選びますわな。

図書館講演の仕事は、ギャラを聞かずに引き受ける方針です。交通費と宿泊費を出していただければ全国どこへでも出かけます。そんな方針でいるのは、単純に読者の掘り起こしのためです。鈴木輝一郎の本は、図書館流通の関係で、全国すべての図書館に置いてあるからですね。

「キイチローさん、すいません、率直に申し上げて、原稿料、いくらお出しすればいいですか？」と聞かれることがあります。こういう話を持ち出してくる時点で、むこうはこちらのキャリアを尊重してくれているのがわかる。そんな場合には、「いくらまでなら出せる？」って逆に向こうの予算を聞きます。おかしな金額を振ってくることはまずありません。

原稿料の交渉をするのは「最初のコンタクトの最後」が鉄則。

企画を先にひととおり聞いて興味を引かれたら、原稿料の話に移る。そこでお茶を濁す相手だと、まちがいなく後でトラブるんでパス。

原稿料に関しては明朗会計なところと仕事をするのも鉄則。

ただし冒頭に「原稿料はいくら？」と聞くのも悪手。要するに、こういう時代なんで「相場を知らんのかこいつは」と思われて足元を見られるんですな。

金はしょせん金で、なくしても他に取り返す方法はいくらでもある。ただ、読者とお客さんの信用は、実に簡単になくなるし、なくしたら取り返しがつかないものなんでござる。

いつから自分をどう呼ぶか迷うもんでござる

さすがにこの仕事を三十年やってると「自称作家」と呼ばれることはなくなりましたな。「地元で俺を小説家だと知らないのは岐阜がド田舎だから。業界関係者で俺を知らないのは、お前が不勉強だから」と割り切るようにはなりました。

そうは言っても、大垣市の広報で「大垣市出身の人気作家、中村航さんが教える小説講座にあなたも参加しませんか！」とまわってくると、いろいろおもいますねえ。

先日、岐阜県図書館で米澤穂信さんの講演があって聴きに行ったんですが、そのときの主催者のえらいさんが開会の挨拶で、

「岐阜県出身の作家先生にあちこちお願いしたのですが、みなさん、多忙を理由にお断りなされまして、米澤先生だけが承知してくださいまして」

と言い出したんで、おもわず「ちょっと待て」と立ち上がりかけましたがな。

いやまあ、イエス様も公生涯をはじめて故郷・ナザレに戻って説教をはじめたら、「あれ、大工のヨセフんとこの息子じゃねえか。何を偉そうに言ってやがる」と鼻であしらわれました。預言者は故郷でうやまわれない——のは大袈裟ですが、まあ、そんな側面はあります。

現在は新人賞受賞作家爆発の時代です。

二〇〇六年前後を境にして新人賞が急増し、それ以後、新人賞（大賞とか金賞とか奨励賞とか特別賞となる場合もある）を受賞しないとデビューがきわめて困難になってます。

「新人賞なんざプロは誰でも受賞してる」と、ことあるごとに口にするようにしているけど、「俺はもらってねーよ」と反論するのは、たいていこの新人賞急増時期の前にデビューしてる人ですな。

新人賞受賞作家がだぶついている現在、新人賞を受賞した程度では、業界内ではなかなか一人前扱いはされない。もちろん、乱歩賞や横正賞のような老舗のところではそれなりに扱ってもらえますが。けれど、それでも新人賞を受賞すると「俺、ちょっと違うかも」なんて気分にはなれるかな？

新人賞をとらなくてもデビューできた時代、「どこからがプロか」なんてことが何度も関係者の間で話題になりましたな。

プロとアマとの境界が幅広いグラデーションのグレーの帯だった、のどかな時代でござんした。いまはもう、プロとアマとの実力に差がつきすぎちゃって、新人賞を受賞した程度では、とてもプロじゃ通用しないんですけど。

漫画は「新人賞を受賞したらプロのアシスタントの口が探せて、そこからプロに技術を学びながら週刊連載のチャンスを探してうんぬん」という具合に、ごっつプロとアマの差が大きいらしい。

小説の世界も、ようやく漫画に近づいているか、といったところですか。

それはともかく、小説家の仕事は、客席の拍手が聞こえないところで踊る仕事です。舞台俳優というより映画俳優のほうが近いかなあ。

読者から目に見えるかたちで反応がある、なんてことはよほど売れっ子にならないと、そうそうあるもんじゃございません。ぼくも街角でいきなり「小説家の鈴木輝一郎先生ですか？」と声をかけられるのは、ようやくこの数年ぐらい前から。これは「売れたから」というより、小説講座のダイジェスト動画がたくさん流れるようになったから、って事情です。

百万部売れると人生変わるそうですが、実際に百万部売った同業者知人に「人生変わった？」って聞くと、「ゼニカネに群がってくる人が増えるんで、その意味では他人をみる目が変わったかも。でも、小説家人生で何が変わったか、っていうと、それほどでもない——ってか、売れてる実感なんてぜんぜんない」だそうだ。

ミステリ作家間で（けっこう忘れられていますが、ぼくは歴史小説家と同時に推理作家でもあります、念のため）共通しているのは、「推理作家協会賞を受賞したら、とりあえず自分のことを『小説家』って言っていい」ってところかな。

デビュー以降の賞というのは、吉川英治新人賞にせよ直木賞にせよ、自分で応募することができず、候補になるだけでも難しく、やはり相応の敬意を払われるもんです。

もちろん、自分に敬意が払われるのではなく、賞に対して敬意が払われるので、そこを間違えると失敗する。

何年か前、パーティで同業者と名刺交換したときのこと。「あ、先日〇〇賞を受賞されたと新聞で拝見しました。おめでとうございます」といったら「いやもう、ほんとうにつまらん賞でして」と答えられてカンにさわった。「ぼくはそのつまらん賞の候補になって落ちました」とうっかりこたえて（バカだよね）どえりゃあ気まずい空気になりましたな。謙虚は程度を過ぎると嫌味になるので注意が必要。

あと、意外と難しいのが敬称。漫画家とライトノベル作家はデビューした瞬間から相手を自動的に「〇〇先生」と呼ぶとのことで、これはいい習慣かも。

一般文芸の世界では「どこから『先生』と呼ぶか」はけっこう悩ましい。

同業者では「相手によって使い分ける」って人もいるんですけどね。

ぼくは直接小説の書き方を教えていただいた故・山村正夫先生と南原幹雄先生だけは「先生」と呼んで、あとはぜんぶ「さん」づけにしちゃってます。

何十年か前、気安い先輩同業者と飲んでたとき「なんで南原幹雄は『先生』でぼくは『さん』なの？」って直接訊ねられたことがあって、ここらへん、なかなか微妙なもんなんだな、と実感したんで。

いまは若い同業者から「先生」と呼ばれても、訂正するほうが嫌味な感じがするのでそのままにしてます。敬称って、言われる側ではなく、言う側のケツの据わりの問題ですよね、ほんと。

処世術編

編集者は一人で何十人も担当しているのを忘れてはならないんでござる

毎年のように、と言いたいけど、実際はもっと多く、年に何回かの頻度で、「担当の編集者がうんともすんとも言わず、放置されている」とブログやSNSでぶちまけて筆を折る人がいるよなあ。

こういうとき、編集者や出版社から反論されることはほとんどないっす。理由は簡単。名前も覚えていないような作家が（ここ重要。その人の原稿をとることで社や部署の存続にかかわるような作家の場合は対応が違う）、目立つところで何か面倒くさいことを言ってるのなら、そばには近寄らないのが、いちばん適切な対処方法だから。

いまは小説家が余っている時代なんだから、かわりはほかにいくらでもいるもの。

ただまあ、キレる前に同業者に相談すればいいのに、とは思うよね。

どこの編集部も、一人でアクティブに担当している小説家は数十人、「とりあえず名目だけ担当していて、いまのところはおつきあいだけで仕事をしたことがない」作家を含めると百人はかるく超える。

一般文芸の場合、作家の名前で選ばれるという特性がある。

だもんで「その作家の原稿がとれるかどうかで、部署や社の存続がかかる」こともけっこうある。

そういう作家は多くはなく、一人の編集者が担当している巨匠は数人。

ただ、「例外ほど目立ち、普遍的と思われがち」という、小説家業界の特色はここでもおなじ。

西村寿行が生前、ワガママ放題でケアがたいへんだったのは、けっこうあちこちで書かれているかな？「寿行番」の編集者と話をすると「寿行さんから真夜中に『犬がいなくなった！　探せ！』って電話かかってくるんだよねぇ。それだけならいいんだけど、あそこの犬、嚙み癖がついてるから、捕まえようとすると嚙むんだよね」なんてぼやいてた。

「なんでそこまでするんです？」って訊ねたら、うれしそうに「んー、本当に嫌だったら電話でなきゃいいし、いっしょに仕事しなきゃいいんだ」っていう。楽しんでるじゃん。

ほかにも何人か寿行番の編集者を知ってるけど、それぞれ西村寿行の話題をふると、口をそろえて「無茶苦茶だったよねー」と楽しそうにいう。

――このクラスになってくると仕事じゃなくなってくるし、真似もできないよね。同じことを普通の作家（いや、たぶんけっこうな売れっ子でも）がやったら、一瞬で仕事が来なくなる。これを「人徳」と言っていいのかわかんないけど、そういう人が実在はする。

新人作家がよく勘違いするのは、「編集者と組むのは初稿が書き上がって送稿してから」ということ。たまに（というか、ちょいちょい）見かける愚痴に、

「書いてる最中は『いいね！』と褒めちぎってくれたのに、書き上げたとたん『あそこが悪い』『ここが悪い』と言われたあげくにボツになった」

なんてものがある。

これには理由があって、「作品は書き上がってみないとどこを直したらいいかわからない」って事情から。存在しない作品は直しようがないからね。

「偉そうに言ってるお前はどうなんだ」という声が聞こえてきそうだな。はい、もちろん山のようにボツになってます。担当者の直しの指示を吟味して（あたりまえだけど、指示された箇所を指示されたどおりに直していたんでは意味がない。それだったら編集者が自分で書いたほうが早いからね）根本的に全部直さなきゃどうしようもないケースにあたったりすると、そのままお蔵入りになりますわな。


二十年ぐらい前、関ヶ原合戦の落武者と彼を助けた関ヶ原郊外に住む大人の女性との恋愛小説を書いた。

よく書けた作品だったんだけど、原稿を送ったら、担当者からびっしりと付箋がつけられて返ってきた。

「編集者からの直しの指示は頭痛や腹痛と同じ。目の前の痛みをとめるより、原因はほかにあるので、そちらを探せ」

ってな改稿の原則に忠実に、付箋の行間を読んでゆくと、

「結局のところ、この編集者はこの作品そのものが嫌いなんだ」

と判明した。

そのときの担当者が男性で、作品のテーマが「女が生きるのに男は要らない」なんてものなんだから、よく考えれば当たり前なんだけどさ。作品の出来の善し悪しばかりに夢中になって、誰が読むか、ってことに気が向かってなかったんだね。

そこの出版社には改めて別の作品を書いて渡し、その原稿は返してもらった。

さすがに今度は大人の女性の恋愛がわかりそうな編集者に読んでもらってウケたんで、『燃ゆる想ひを』(河出書房新社)というタイトルで刊行にこぎつけた。

いまは絶賛絶版中で、amazonの中古本か図書館でないと読めないんだけどね。

ただ、ときどき大人の女性から熱烈な読者メールをいただくことがあります。ちゃんと仕事はしておくもんです。

初稿があがるまではひとりで書くことになるんだけど、もちろん担当者にとって、こちらの進行はブラックボックスで、どこまで書き進めているかはわからない。

だもんで、いまかかっている原稿については、担当者に月に一度は進行報告のメールを入れるようにしています。

本稿の場合だと、連載なんで、全体の進行表をエクセルに突っ込んで編集部で進行が把握できるようにしています。

書くこと自体はひとりでやる仕事なんだけど、原稿の本稿だけでは読者には届かない。

小説はチームでやる仕事なんでね。

「スランプ」は超一流の人がいうものでござる

本の雑誌社の杉江さんから「書けないときはどうしてますか?」というリクエストがあったんで、今回はその話。

神様は人間の締め切りにあわせて降臨してくださることはない。長いことやっていれば、「書けない」という事態には一度や二度や三度や四度や五度や六度は遭遇する。

そんなときの解決法を超一流の同業者にたずねると、たいていの場合「なんか降りてくる」「ぎりぎりの極限状態に追い込むとなんとかなる」と涼しい顔で(涼しいのは顔だけで、本人は強烈に追い込まれているけど)こたえるから参考にはならない。けっこうカンでなんとかしちゃってる人が多いんだ、この業界。

「書けない」事態に遭遇した場合、まずやらなきゃならないのは原因のチェックと現状の分析。つまり「どういう状態だから書けないのか」を把握して、ひとつずつ片付けるのが重要ではある。

書けなくなる原因は大きくわけて四つある。一、環境。二、体調。三、メンタル。四、原稿。原稿が書けない原因の最後に「原稿」が来るのは、原稿が行き詰まる原因のほとんどが、実は原稿ではなくそれ以外にあるからですわな。

一、環境　執筆に集中できない環境にあると、当然書けなくなる。親族の病気や介護や子供の病気などがある。

あまり知られていないが、同業者で介護離職するケースは意外と多い。時間に融通がきく仕事なので兄弟たちから親の介護を押しつけられ、さんざん振り回されたあと、川のあちらへ見送ったら、その反動でメンタルをやられたりとか。一人の赤ん坊を一人で育てるのが無理なように、一人の老親を一人で看るのは不可能なんだけど、親の介護となるとけっこう忘れる。

ぼくは二十年ほど前に親や親族の介護が七件ぐらい同時多発したことがあってほとほと参った。もっとも、いっそここまで多いと「どのみち全員みるのは無理」とさっさと割り切ることができることはできるが。ここいらは話しだすと長くなるので、『ほどよく長生き死ぬまで元気』（小学館）『家族同時多発介護』（河出書房新社）を読んでください。

対処法としては「そこまで緊迫しているなら、近所の心療内科に行って抗不安薬を処方してもらいなさい」ってところですか。

身内が同時多発で次々と倒れたとき、たまりかね、スコッチを二日でボトル一本空けてたんだけど、何ヶ月かでひっくり返ってかかりつけの医者に行った。

「なんでそんなに飲むんです？」とたずねられたんで事情を話したところ「睡眠薬と抗不安薬の代わりに酒を飲むくらいなら、本物の睡眠薬と抗不安薬のほうが安全ですよ」と、デパスとサイレースを処方されて今日にいたってます。

抗不安薬では環境原因を取り除くことはできませんが、環境原因を取り除こうという気持ちはつくれます。

二、体調　基本、座りっぱなしでPC画面とにらめっこし続ける仕事なんで、それにともなう身体症状はでます。
眼精疲労からくる頭痛・肩凝り、腰痛、痔などはついてまわります。ぼくは月に一度は鍼に行って肩や腰をほぐしてもらってます。

予防としてはハーマンミラーのアーロンチェアがいちばん。寝ている時間より椅子に座っている時間が長いから、椅子はお金かけたほうがいいっす。新品だと十五万ぐらいしますが、事務所用品のリサイクルショップでは状態のいいものが半値ぐらいで手にはいります。

あと、キッチンタイマーはけっこう重宝します。原稿を書くとき集中しすぎて時間を忘れてしまう。タイマーを六十分にセットして、アラームがなったらそのたびにちょっと椅子から立ってかるく伸びをするとかなり違います。

ノートパソコンは猫背になりがちなんで、メインマシンはデスクトップにしています。猫背は肩凝りや腰痛の原因になるので。

目が疲れるのでバックライトは三十パーセントぐらい光量を落としています。『どんどん目が良くなるマジカル・アイ』（宝島社）っていう、焦点調節の本があります。視力がよくなるかどうかは不明ですが、眼筋をほぐすのにはものすげえ効果があるので重宝してます。

三、メンタル　忘れがちですが、脳も身体のうち。筋肉痛があるように脳肉痛もあります。使いすぎれば疲れるのはあたりまえ。筋肉痛のような、はっきりした自覚症状がないので無理をしがちですけどね。

脳の疲れがいちばんわかるのは、集中力が続かなくなること、かな。ネットで調べ物をしているうち、本来の調べ物からどんどん逸脱して、どうでもいいようなところをクリックし始めたら要注意。

脳の疲れでわかるのは決断力が落ちること。執筆のとき、ストーリーが進むにつれて選択肢がいくつか出てくるものの、どれにしたらいいか迷って決められず、進まなかったら、脳が過労してます。

脳が疲れたときの対処法は「何もしないこと」です。寝るのもきつい場合には、ジャンクフードをどっさり買ってきて、何度も観た映画をぼーっと観る。初めて観る映画だと、ストーリーやらキャラクター配置などをチェックしてぜんぜん休めませんからね。筋肉の疲れをほぐすために休養をとるように、脳の疲れをほぐすためには「一生懸命何もしない」のが重要。

だいたいこんな感じで執筆外環境を見直すと、原稿の行き詰まりはほとんどが解決します。

もちろん、これだけやってもまだ原稿が進まない場合もあるわけで、その理由とか対処法とかはあらためて。

執筆編

駄作を世に出す勇気が大切でござる

本の雑誌社・杉江さんからのリクエスト「書けないときにどうしているか」の続き。前回は執筆外環境を整える話でした。

執筆外環境をひととおり整えても、書けないときは書けない。そういう場合、原稿そのものに原因がありますな。

原稿に問題がある場合のおもな原因は五つ。一、何も思い浮かばない。二、書くことがない。三、熟成不足。四、納得できない。五、ぜんぶ揃っていても書けない。

一、何も思い浮かばない　文字通りの意味で、たいていは「何も思い浮かばない」というよりも、「頭のなかでシーンが混乱している」ですな。こういうときは、シーンの五W一Hを列記して点検してゆきます。

When いつのシーンか、Where どこのシーンか、Who そのシーンに誰がいるか、What そのシーンで何が起こるのか、Why そのシーンがなぜ必要なのか、How そのシーンにどうやってたどり着き、どうやって展開するのか。

たいてい、このなかのどれかが空白になっている。それが思い浮かばない原因。

二、書くことがない　これは一の発展型というか解決法というか。一で洗い出した「思い浮かばない原因」をチェックしてゆく方法です。なぜ思い浮かばないかというと「書くことがない」のが原因。人物の作りこみが甘いか、背景の作りこみが甘いか、取材不足または材料不足。こうしたとき、人物の履歴書や年表を見直します。空白部分を点検すると、登場人物間の葛藤や対立点が見えてくるので、原稿に反映してゆきます。背景が空白の場合、取材や調査をしなおして埋めてゆきます。

書くことがなければ書けないのは当たり前ですわな。

三、熟成不足　何を書きたいか把握しており、完成時のイメージもあり、取材も十分、人物や背景、ストーリーなどが出来あがっていても、切り口がわからないので進まない、ってケースね。ここまでいろいろ揃っていてもお手上げな場合、単純に「熟成不足」なんで、サクっと見切りをつけ、ストックしておいて次の作品にとりかかります。

薬物依存症リハビリテーションセンター・岐阜ダルクで資金管理のボランティアを始めて十年近く経つ。たぶん同業者のなかでは覚醒剤やら処方薬物やらについてかなり詳しい部類にはいると思う。せっかくの機会だからと思って薬物依存症者の登場人物の履歴を組んで、ストーリーを作って書いてはいるんだけど、どれも起伏に乏しく斬新さに欠けるんで、何本か初稿をあげたまま熟成を待ってる。

豊臣秀吉の朝鮮出兵の話、いろいろあって「撤兵後の日朝和平交渉は双方の公式文書の偽造からはじまった」ってネタは『国書偽造』（出版芸術社・新潮文庫）で書いた。そのほかに開戦の動機や再出兵の経緯の作品を書き上げたものの、決め手に欠け、初稿を何本か書き上げたあと二十年ぐらい寝かせたまま。

ものごとは、すべて天が定めた時があるので、時が来ればなんとかなるだろう、ってことではある。

四、納得できない　要素の洗い出しをし、不足している取材を足し、十分熟成をして切り口が見えていると、完成状態が見えてくる。そのときに頭を抱えるんですな、「出来が悪くて納得できない」って。イメージしている作品像に遠く及ばない。

こういうときは「誰のどの作品にくらべて出来が悪いのか」を書き出してみます。たいていは司馬遼太郎のアレとか隆慶一郎のソレとか。比較対象が無謀なようですけど、書店の店頭では隣に並んだりするんで、読者の立場にしてみれば、同じ水準のものならどちらを選ぶか明白ですわな。

そんなとき、島本和彦の二つの名言を声に出して唱えるんだ。

「駄作を世に出す勇気を持て！」

「駄作で金をもらってこそ本当のプロ!!」

勇気は大切。

五、ぜんぶ揃っていても書けない　こんな具合に要素を片っ端から片付けても、まったく書けないときはあります。そんなときの解決法は「とりあえず埋める」です。

方法はいろいろ。パソコンや原稿用紙で書けないのなら、ナプキンやコースターやマクドナルドのトレイの紙の裏などに、一行でも一文字でも書きすすめる。絞りだしたあと、それをパソコンで清書するときに直してゆけばいい。もちろん基本的にぜんぶ書き直すことになるんですけど、ゼロから書くわけじゃないんでね。


書けないときの対処法ってのはだいたいこんな感じかな？　眠気覚ましに太ももに画鋲を突き刺したり、下痢のときに肛門にティッシュ詰めたり、ってやったりした、試行錯誤の結果です。

ただ、これって「とりあえず書きすすめる」ためのノウハウであって、それ以上のものではない。「苦難の幻想」というものはある。悪戦苦闘して書いたものは苦労に酔うので、名作のような気がするけど、それは気のせい。

実のところ、こうやって七転八倒して絞り出して書いたものより、鼻歌をうたいながらちゃちゃっと書き上げたもののほうが出来がいい。頭のなかで出来上がっているものをパソコン上に書き写すだけだからね。あと、指先からほとばしるように言葉がでるときもあるし、キャラが自分勝手に躍りだすときもある。そのほうがいい作品になる。

けれども、神様は人間の締切にあわせて降臨してくださるわけじゃない。作品の出来の上のほうは努力しようがないけれど、コンディションが最低でも一定の水準を保つのは技術の領域で、そこがプロの腕の見せどころでもありますわな。

プロモーション編

オリジナル軍手は工夫と錯誤と継続なんでござる

今回は書店まわりのノベルティ・鈴木輝一郎オリジナル軍手の話。

ノベルティとは「告知などにつかう無料配布の記念品」のこと。企業や商品名のはいったタオルとかボールペンだとかティッシュだとか、身の回りにひとつやふたつ、あるでしょ？　あれのことです。

それを何に使うかというと、要するに新刊書店まわりの手土産です。

基本、アポなしのゲリラ訪問なんで、書店員さんに自著の献本を突っ返されないためのものです。いちばん重要なのは書店員さんに自分の著書を読んでもらうことなんですが、そのためには、まず、自分の著書を受け取ってもらわなきゃならん。アポなしで訪店する関係上、「ぜひ読んでください」と新刊を渡しても、けっこうな確率で突っ返されるので、その予防のためです。

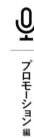

なぜ軍手なのか？　三十年ぐらい前に読んだ『本の雑誌』（たぶん一九九〇年か一九九一年だと思う）に「書店に配るノベルティはこれだ！」って特集が組まれた。そこで出ていたランキングは、一位筆記具、二位飴、三位メモ帳、四位軍手、という順番だった（記憶で書いてます）。

で、いろいろ検討したんだけど、筆記具はパスした。当時、筆記具の名入れは最少ロットで五千本必要だった。五千本はさすがに多くて配りきれない。ボールペンだと早めに配らないと風邪を引いて使えなくなるしね。

二位の飴は除外。賞味期限があるから。三位のメモ帳も最少ロットが五千だったので見送った。幸い、軍手は左官コテの会社で卸値で入手できる。近所の店舗用品店と交渉し、軍手本体は持ち込み、版代・印刷代と分包結束手数料を払ってなんとかしてもらう、ってことにしました。

なにせ単色のシルクスクリーンだと、たいした印刷もできない。著者名と書名と出版社名だけが入った、名入れタオルのようなシンプルなものからスタートしました。

十年ほど前からはネット通販が急速に充実しはじめたんで、名入れタオルのメーカーに版下を送り、新刊の表紙を加工したものを軍手の甲にカラーでガーメントプリントしてもらっています。

ノベルティとしての軍手でいいのは「書店員さんの必需品」ってところですね。本の品出しなどでしょっちゅう指を切るそうな。「ほどほどの消耗品」なので必ず受け取ってもらえる。使っている間は否応なく鈴木輝一郎の著者名と書名と出版社名が目に入る。

いちばんのメリットは、我ながら意外なことに「古くならない」ところ。読者プレゼントで配布することなどを想定し、いつもすこし多めに作っています。倉庫には二十年ぐらい前に作った軍手がまだあります。以前、雑誌の連載の読者プレゼントで「鈴木輝一郎オリジナル軍手コンプリートセットプレゼント！」って企画を立てたことがあります。まだダンボールに一箱ぶん、昔のオリジナル軍手が残っているので、オリジナル軍手セットプレゼントができる。――ほしい人がいるのかな？

タイトーに勤めていた時代、販促企画事業もやっていた。その関係でノベルティグッズにもそこそこ知識はあった。で、いちおう、いろいろ試してみたんですけどね。

胸と背中に著者名と書名をでっかくプリントした「鈴木輝一郎オリジナルトレーナー」ってのをいくつか作ったんですけど、これは一度でやめました。一着あたりのコストがかかりすぎるのと、「そもそもそんなものを貰っても誰も着ない。着たとしてもパジャマぐらいにしかならない」ちう、根源的な問題があったんですな。

書店のレジ置き用の「しおり」も一度だけつくりました。ただ、紙のしおりは持ち歩くのが重い。何より、企画した当初は画像スキャナーも画像データもないんで自分でデザインしなきゃならず、しかもコストの関係で一色刷りの、貧乏臭いものにしかならなかった。

いまはネットが普及したせいか、小ロット・多色刷りのノベルティもずいぶんと増えました。けっこうこまめにチェックしています。

自著のチラシやフライヤーを作って配る同業者は、よく見かけるようになりました。これは、ぼくはやっていません。理由は単純で「ぼく自身がよく置き忘れるから」ということが大きい。新刊が出るたびに新刊の書影と書名とISBNを刷り込んだ名刺を配ってフライヤーがわりにしています。これだと名刺交換したときに、すくなくとも相手は名刺入れに入れてくれます。

名入れのアメやキャンディ、ラムネ菓子や「うまい棒」などもチェックはしていますが、これは今のところ導入はためらってます。要するに、賞味期限があるので、余ってしまうと無駄になる、ってことです。同業者が配っていると、確実に受け取るし、持ち帰るんで、効果があることはわかっていますが。

さすがに毎回軍手ばかりでは芸がない（ここで芸を見せてもしゃあないが）んで、いろいろ検討しつつ、今日にいたってます。

ノベルティに対する書店員さんの反応は良好。

なにせアポ無し訪店がほとんどなんで、不快感をあらわにされるのも珍しくない。最初に名刺交換し、サインした本を渡すところまでは身構えられることもけっこうあります。そこで鈴木輝一郎オリジナルスタンドつきの著者の写真つき手書きPOPを渡すと微妙な反応になり、鈴木輝一郎オリジナル軍手を渡すと爆笑されます。

とにかく、書店さんに迷惑がかからないよう、最小限の時間で、著者名と作品名を覚えてもらう、という、工夫の結果なんでござる。

執筆編

編集者は常に控えめにものを言ってるんでござる

この連載をするにあたって、新しい同業者の知人に話を聞いてるんだけど、「編集者とのつきあい方がわからない」ってケースがけっこう多いよねえ。

よくあるのが「編集者の言うことはどこまで真に受けたらいいのか」ということ。

けっこう誤解されているけれど、担当編集者だって絶大な自信をもって作家に臨んでいるわけじゃない。担当編集者は書籍流通のシステムのなかのごく一部であって、担当編集者のゴーサインだけですべてが回るわけでもない。

編集者自身、どうやったらいいのかよくわからずに指示していることはけっこうある。「ここがおかしい」とはっきり改稿の指示を出していても、それは対症療法であって根治療法じゃなかったりする。

また、担当編集者のやる気以外の事情で刊行の可否が左右されることはけっこうある。編集長やデスクの人事異動で部署の方針がかわったり、前作の売り上げで惨敗して営業が首を縦に振らなかったり。まあ書いていていて自分でも首筋のあたりが冷たくなって来る話だけどね。

よく愚痴られるものはだいたい二つ。

一、プロットを何本も提出したがことごとくボツ。ようやく通ったプロットで書きあげてみたらそれもボツ。

二、大量の原稿の直しを指示され、言われた通りに直してみたら、結局直す前のものにＯＫがでた。

あたりかな？

文芸書籍の業界は他の業界同様、業界固有の言葉づかいがある。

一、編集者が「プロットを持ってきて」という場合、「全部書き上げて持ち込んだら、そのとき考えるよ」と同義語です。

「プロットだけでは作品の出来はわからないし、提出されたプロット通りのものがあがってくる保証もない。だから完成原稿を読みたいのだが、原稿の段階では一銭も払えない。そうして書き上げられた作品の出来が玉砕していた場合、ボツにせざるをえないけれど、そんなにたくさん作家にタダ働きをさせて恨まれるのは嫌」

というのが「プロットを持ってきて」って発言の真意ね。

ぼくははじめのころ、この意味がよくわからなくて言葉ヅラ通りに何十本とプロットをだしてことごとくボツになり、「こんなぐらいなら本稿書いたほうが早い」と思って現物勝負にし、採用されたのが何度もあって、ようやく学びました。

二、「大量の原稿の直しを指示された」場合、それは「原稿をゼロから書き直して持ってこい」の意味です。

また、「言われた通りに直してみたら、結局直す前のものにOKがでた」というのは「言われたところしか直していないので印象がかわらない。これなら元のほうがよかった」という意味です。

そういう話をすると「プロの小説家はそんなに無駄働きが多いのか」と愕然とする人がけっこういる。はい、そうです。

特にデビュー間がない新人のうちは、担当編集者の言葉を「神の声」と思って絶対視しがち。「担当編集者のOKが出たらすべてOK」と間違う。

担当編集者はというと、編集の腕に自信はあっても、新人作家はどんな作家なのかがわからず、おっかなびっくりで手探りで進めている、ってな側面がある。

そうした齟齬が話をややこしくするわけだよね。

小説家経営的には「とりあえず全部書き上げる」「直しの指示がでたらアタマから全部書き直す」ほうが話が早い。数をこなせば確実に筆力はあがるので、最初にハードにやっておくと、あとあとラクだしね。

あと、意味不明な全ボツが繰り返された場合、その社で出した直前の作品の実売が玉砕してその出版社で出せなくなったことを著者にしらせるため、というケースもあります。

ぼくが経験したのは、「注文原稿を送って一ヶ月おいてアポをとったが、上京して打ち合わせの場で『急な原稿が入ったのでまだ輝一郎さんの原稿は読んでいません』を三ヶ月間続けてやられた」ことですね。このときはさすがにこの出版社から引導を渡されたと理解して原稿を取り下げました。おかげさまで別の出版社に出したらけっこう好評でしたが。

担当者や編集部などの判断でボツにした作品が他社で大化け（意外とある）した場合、担当者の責任問題になりかねない。

くりかえされるボツに嫌気がさした著者が、著者の判断で原稿をとりさげれば、それは編集者ではなく根負けした著者の責任ですわな。

「そこらへんの判断の責任を著者がとらされるのか」というと、答えはイエスです。出版社といえど会社組織なので、担当編集者のメンツへの配慮は重要です。

数字は時の運に左右されるし、誰の責任でもない。たまたま玉砕することはあっても、他社で売れれば、またその出版社とのつきあいは再開されます。

一定水準の作品をていねいに書き続けていれば、必ずチャンスはある。次のチャンスを活かすためなら、目の前のプライドやメンツはどうでもいい。次のチャンスにつなぐことが最も重要です。

いずれにせよ、編集者とのつきあいは、重要なわりに教えてもらう機会はすくない。ひとりで悩まず、同業者の複数の（ここ重要）先輩に相談することが重要ではあります。

人生是日々廃業の危機でなにをいまさらなんでござる

先日どこかの文学賞の授賞式で誰かが「作家として三度廃業の危機に見舞われました」と受賞の挨拶をしたらしい。裏をとろうとして検索をかけたらけっこういろいろヒットするので、この業界では似たような経験をしている人は多い。なんの安心材料にもならんが。

ともあれ、その受賞挨拶を耳にした最初の感想は、「たった三回なら順調じゃねえか」であった。次の感想は「どの廃業の危機だろう?」と。ホレ、何十年も生きてると、「小説家の廃業の危機」だけじゃなく、「会社の廃業」「人間として廃業」「夫として廃業」「父として廃業」といろいろある。

こうして列記してみると、「廃業したことがないのは小説家だけ」って事実に愕然とするけれど。

祖父から続いた左官コテの製造業は経営がたちゆかずに廃業したし、アルコール依存症で人間として廃業し、酒が理由で離婚となって父と夫を廃業した。そこらへんの話を元シャブ中の友人に話すと、「んー、でも輝一郎さん、まだ逮捕もムショも経験ありませんよね」って反応が返ってきた。

いや、俺、いろいろ廃業はしてるけど負債はないから。

小説家としての三十年を振り返ってみると「いろいろあったけど、どうでもいいようなことを悩んどったなあ」と自分の小物っぷりに失笑するばかり。

社長の代替わりにともなう大規模人事異動の波をモロにかぶり、一作書きあげるまでに編集長が五人、担当編集者が四人異動となり、そのたびにアタマから書き直し（途中、全ボツ不採用となったが、すぐに異動があって復活仕切り直しになった）、結局五百枚の原稿の初稿があがるまで九回書き直したことがあった。もちろん「初稿」なので、そこから通常通り、数回改稿が待っているわけなんだが、まあ、そこらへんはたいしたことはない。

原稿を紛失した編集者から説教された（「説教した」ではない）とか、締め切りに追われるどころかある日突然どこからも原稿の催促がなくなる、とか、身の毛のよだつ話には事欠かない。


いま考えて最も恐ろしかったのは「デビュー後二作目までの一年六ヶ月」だ。いまでも夢にみる。デビューする前は「読まれるあてのない原稿を書き続ける虚しさ」という恐怖との戦いなんだけど、デビュー後は「これ一作で消えてしまうかもしれない」という恐怖との戦いになる。デビュー後二作目はこのふたつの恐怖がいっしょになってやってくるからたまらない。

あの当時、山村正夫先生はまだ存命で、ぼくもちょいちょい出入りしていて、デビューしてほどない先輩たちが、先生に「なかなか原稿が通りません」と相談するのを目の当たりにはしていた。いちおう心構えはしていたものの、いざ自分の身にふりかかるとなると話は別。

とにかく、プロットを出しても出してもまったく通らない。担当編集者自身も腕を組んで「うーん……」といろいろ案を出してくれたり、案の出しかたも考えてくれたけれども、まったくプロットが通らない。

まあ、そんなこんなしているとき、難渋しているのを知った篠田節子さんが「今度、打ち合わせで光文社に行くけど、ついてくるか」と声をかけてくれた。持つべきものは面倒見のいい友人である。ストックしていた長編ミステリーをプリントアウトして持参し、打ち合わせの席に同席させてもらった。このときの編集者の「何だこいつは」という視線は今でも忘れられない。渋々、という感じで原稿を受け取ってもらったのだが、即座に電話がきてあっさりと採用された。

デビューした直後から会う人ごとに、また家族からは口を開くたびに「次の作品はいつ出るのか」とたずねられ、そのつど「俺が聞きたいわい！」と絶叫したくなる衝動を抑えるのはなかなかストレスの多いものなんである。円形脱毛症で髪がごっそり抜けた。がっつりハゲた今からおもうと、ハゲシロがあるだけマシじゃねえかという気がするが、それはこの際どうでもよろしい。

三作目は、提出用のプロットと並行して長編の現物を書きあげた。

プロットは例によってことごとく不採用となり、長編もボツとなったけれど、『小説すばる』の横山編集長が「送ってくれたら読むよ」と言ってくれた。で、完成原稿を送ってみたところ、「んと、うちだと難しいけど猪野さんのところだったらとってくれるかも」と、祥伝社の猪野さんを紹介してもらい、採用されて三作目が世に出た（厳密には違って、けっこう端折ってます、ねんのため）。『首都誘拐』（祥伝社）というタイトルで、「東京都を誘拐した。身代金は一兆円」という、われながらキャッチーな作品だったんだが、これが店頭にならんだのと、推理作家協会賞をいただいたのがほぼ同時期だった。これ以後、小説家経営は順調——なわけはないが、おおきな経験にはなった。

つまり、こんなことがわかった。

「自分の弱みは着想力と企画書づくり」

「自分の強みは作品の総合力（取材力とかストーリーづくり力とか人物造形力とか構成力とか）」

その結果、

「企画書やプロットを出すよりも、おおまかな方針を決めたら、さっさと書きあげて完成原稿を手渡す」

というスタイルに落ち着いた。

この方式のメリットはなんといっても「筆力がつく」ことだ。執筆量と作品の質は明らかに比例する。自分の過去作を読み返してみると、十年目に書いた『片桐且元』（小学館）を節目にして、音を立てて作品の質が向上かつ安定しているのがわかる。何より、数字がついてきて今日にいたっている。


まあそんなこんなでひとつ断言できる。

たいへんなようでも、人生、けっこうなんとかなる。

プロモーション編

著者手書きPOP濫觴《らんしょう》の煩悶でござる

あまり知られていないのではっきり書いておくと、書店店頭の著者手書きPOPを始めたのは、鈴木輝一郎である。

一九九一年に『情断!』（講談社）でデビューしたときから手書きのPOPを立ててます。

もしどこかでぼくやぼくの手書きPOPを見かけたら「手書きPOPのパイオニア!」と声をかけてください。

タイトーというゲーム会社で販促ロボットの企画開発をやっていたんで、デビュー前からPOPの存在は知っていた。

あと、書店員さんの手書きのPOPが強力な販促ツールだというのは、ぼくがデビューした三十年前からすでに知られていた。あの当時は特に三省堂書店さんが書店員さん手書きのPOPに力を入れてましたな。手書きのPOPの怖いのは「読まずに書いた」「いやいや書いた」「面白かった」「無茶苦茶面白かったから読んで!」というPOPの書き手の思いが、文字だけでもダイレクトに伝わってくるところ。

そしてPOPが重要なのは、書店さんにきたお客さん以上に、棚を管理する書店員さんへの自著のアピールがあった。鈴木輝一郎という無名の作家の本を書店員さんは知らない。「売ってください」

なんておこがましいことじゃない。「鈴木輝一郎の本を陳列するとき、忘れずにならべてください」ということだ。

ノベルスで刊行されていた時代には、同月に刊行された菊地秀行さんの「台」にされたことがあった。菊地さんの新刊が二フェイスあり、ぼくの新刊が並んでいない。ところが菊地さんの本の山が途中から色が変わっている。まさかと思ってもちあげてみると、ぼくの上に菊地さんの本を積んでフェイスの高さをそろえてあった。

POPを立てれば、そうした事故も防止できるというわけだ。


本屋大賞をはじめとした各種の文学賞がはなやかに取り上げるんで勘違いしやすいけれど、世の中の書店は、学習参考書と雑誌とコミックによって支えられている。小説家が書店の売り上げを左右することはない。

はっきり言おう。

世の中の書店は、鈴木輝一郎の本がなくなっても、何ひとつ困らない。

だが、鈴木輝一郎は、世の中の書店から自分の本がなくなると、とっても困る。

書店さんに本をならべていただいてこその作家、というものだ。そのことを間違えてはいけない。

あ、これは自分に言い聞かせてます。


手書きのPOPがものすげえ重要だということは理解していても、書店さんや書店員さんが、鈴木輝一郎という無名の作家の、本を読んで、感動して、手書きでPOPを書いてくれる、とおもうほど、私はうぬぼれやさんではない。書店員さんに手書きPOPを書いてもらうのは、かなりハードルが高いんである。

評判が立たなければ自分で立てろ、という鉄則に忠実に、手書きPOPが立ててもらえないなら自分で書こう、ってことである。販促用品店でPOPカードを買ってキャッチコピーを書いた。絵心なんてまったくない。カラーの販促品を作ろうとすると、版下代だけで何万円もして手が出なかった時代である。幸い、写真著作権に目をつむって著者写真のカラーポジをくれたところがあり、写真屋に行ってシールプリントにした。

この著者写真はデビューして五年目ぐらいにチェキに移行した。店頭で著書と書店の看板と一緒に撮影して「この書店に来ました」感を演出するようにした。

ちなみにチェキは頑丈で、POP用現場写真を撮るようになってから二十五年間でまだ二台目。カメラがデジタルにとってかわられた現在でも、チェキフィルムは日本中どこでも手に入るんだから、富士フイルムは凄いもんだ。

ちなみついでに申し上げると、POPをはさんで立てるPOPスタンドも鈴木輝一郎オリジナルである。書店で鈴木輝一郎の手書きPOPをみつけたら、そっと本をどけてスタンドの台をチェックしてほしい。そこに「鈴木輝一郎の本!」と刻印がしるされているはずである。

手書きPOPを書店さんに渡す際、POPスタンドにセットするのは、デビュー作からやっている。

POPだけ渡しても使ってくれるとは限らないからだ。

ただ、POPスタンドにセットした手書きPOPは、三十分ほど後にこっそり再訪してみると、POPを抜かれてスタンドだけ使われる、という事態が頻発した。

鈴木輝一郎の手書きPOPが書店さんにとって邪魔で、さっさと捨てちゃうのはわかる。POPの後ろに陳列してある本を、お客さんがとりにくいからだ。

とはいえ、POPスタンドはけっこう高額で、POPスタンドをただばらまくのはいかにも痛い。ぼくの手書きPOPが捨てられるのは仕方ないにせよ、せめて「訪店した」という爪痕ぐらいは残しておきたかった、ということだ。

幸い、左官コテの製造販売をやっていて、そのなかに商標を打刻する工程があり、この手のものには慣れている。だもんで刻印屋に刻印を注文して現在に至っている。

刻印は三万円したが、三十年近く使い続けてもビクともしないんで、元はとれた。


著者顔写真つき書店店頭撮影写真チェキつき手書きPOPの直接的効果は不明である。ただ、三十年前は同業者や出版社から冷笑された著者手書きPOPが、いまは必須の販促ツールとなったのをみると、効果はあったのだろうとは思う。

顔写真つきPOPで問題があるとすれば、書店員さんに全力でメンが割れるということか。とにかく、店頭陳列している間、書店員さんは、ずーっとPOPに貼った俺の顔を見ているわけだ。

いやもうほんと、ごめんなさい。

執筆編

筆記具にいかに対応してゆくかが生き残りのカギなんでござる

ぼくあたりが小説をキーボードで書く最初の世代だろう。

一九八五年に富士通からワープロ専用機（死語だ）OASYS Lite Sが七万円台で発売になり、秋葉原にとんでいって購入した。だが、○字×○行ぐらいしか書式設定ができず、小説を書くしか使えなかった。で、小説を書いて投稿したら予選を通過し、「俺って凄いかも」と勘違いして書き続けて今日にいたっている。

生来、人智を超えた悪筆に悩まされた。

いま考えると典型的な発達障害の特徴なのだが、当時はそんな言葉はない。サラリーマン時代、年末になると会社の得意先へ年賀状を出したんだが、「輝一郎の字では先様に失礼になる」という理由で、ぼくの得意先リストは部署内に分配されて手分けして宛名書きされ、ぼくは隅っこでひたすら待つ、針のムシロ状態を味わった。

わからない人には理解できないだろうが、どれだけ練習しても悪筆は治らない。自分で書いた文字は自分では読めるが、他人には読めない。

商売柄、自著のサインで読者の名前を為書《ためが》きすることはある。これは「一、縦の中心線をそろえる。二、画数の多い文字は大きく、画数の少ない文字は小さく。三、可能な限り太いペンを使う。四、

『字』じゃなくて『絵』と思って書く」という「為書き四原則（自分で言っているだけだが）」に忠実にごまかしている。はっきり言ってしまうと、小説家のサイン本は、為書きと署名者の名前に決まっているので、何が書いてあるか読めなくても困らないのだ。

当時、「日本語がタイプライターのようにキーボードで打ち込める」ってのは夢物語だったので、すがる思いでワープロ専用機にとびついたわけだ。半年ほどで安価な上位機種が開発され、半値になったのには泣いたが。

ちなみにこのワープロ一号機はJIS第一水準漢字しか変換しない。出てこない漢字は空白スペースにして、ボールペンで書き込んだ。

ちなみにこの当時のワープロは「単なる清書マシン」にすぎなかった。

書き上げた原稿をプリントアウトして郵送すると、印刷所がその紙原稿をみてデータに起こした。現代からみると二度手間のようだが、あの当時、「自分が書いた原稿を、担当編集者が読む気になるように書く」のが新人作家の第一命題であり、すべての前提であった。石原慎太郎はスター作家かつ売れっ子作家だったからこそ、強烈な悪筆でも「石原慎太郎係」がついてなんとかしてくれるのであって、普通はそうはゆかない。編集者に読んでもらうためには、「まず読めること」が重要だったのだ。

原稿は編集者に読まれなければ活字にならないし、鈴木輝一郎という新人作家は、スター作家でも売れっ子作家でもない、いくらでも替わりがいる作家に過ぎなかった。

その当時、酒席で某社の編集長が「私は、○○先生（昭和を代表する文豪）の難読文字を、読むことができたんだよ！」と絶叫しながら自慢するのを目撃したことがあった。「なんで本人に聞かないんだ」と思いつつ、同じことに自分が遭遇したらどうなるか、しみじみ噛み締めたものである。

一九九六年にOASYSからマッキントッシュ（これも死語だ）に移った。ＯＳは漢字Talk7.2（死語だよ）。パソコンの知識がまったくないまま、当時のWindows 95フィーバーの余波でなんとなく選んだが、これは結果的に正解だった。執筆するとき、とにかくやたらに辞書を引くのでマルチタスクで辞書を立ち上げっぱなしにできたのと、なによりコマンドを覚えなくても済むのが助かった。ながらくMacのお世話になったが、二〇〇八年にWindows XPに乗り換えた。Windowsは見た目が味気ないのだが、安かったからである。

ワープロ専用機からパソコンへの移行は、比較的すんなりいった。

閉口したのはむしろキーボードのほうである。

最初にワープロを買ったとき「日本語をキーボードで入力する」ことが始まったばかりで、技術が定着していなかった。当時、カナ入力と親指シフトの二種類で、「入力しやすそうだから」と親指シフトにした。

パソコンに移行した後も親指シフトだったが、富士通が親指シフトを見捨てはじめた時期で、「サードパーティの親指シフトキーボードの在庫が三十台を切った」というニュースを目にしてローマ字入力に踏み切った。

ただし、この移行に二ヶ月かかった。

ローマ字入力を選択した理由は明快である。カナ入力だと五十個のキーを覚えなければならないが、ローマ字入力だと二十六個を覚えればいい。指の移動もホームポジションから上下一段ずつで済む。

問題は、入力時に頭のなかで文字をローマ字に変換しなければならないところであった。

この種のことは手元をみるとできないものなので、画面にローマ字変換表とキーボード位置表を表示し、無理やり覚えた。ローマ字なんざ、小学生のときにやったきりで、使うことがなかったのだから忘却のかなたであった。

手書きの下書きをパソコンに書き写すだけで一日二〇〇文字しか書けなかったときには、どうなることかとおもったが、人間、生活がかかるとなんとかなるものである。

ちなみに、指が覚えているのはアルファベットとエンターキーとスペースバーの二十八箇所だけで、シフトキーやコントロールキーなどは、いまだに覚えていない。

とはいえ、アルファベットキー以外は覚えていないので、キーボードがＵＳ配列でもJIS配列でもなんとかなる。これはモバイル環境を整えるときにとても助かった。

人間、何が幸いするか、わからんものである。

執筆編

パソコンは必ずトラブるという覚悟が重要でござる

ワープロ専用機ではほとんどトラブルに遭遇しなかったのに、一九九〇年代のパソコンはトラブルとの戦いだった。MacがUNIXベースになってから、WindowsはXPになってから、飛躍的に安定した。その昔、「ワープロ専用機がいいか、パソコンがいいか」なんて論争があったんだぜ。ワープロ専用機が製造終了するなんて想像もつかなかった。「いまでもパソコンは不安定だ」と思っているそこのあなた。比較級で話してますからね、比較級。その状態が「飛躍的に向上」してるんだから、どのぐらい悲惨なものだったたか。

いきなりだが、雷には注意だ、諸君。一度だけ、起動すると映画『マトリックス』（古すぎる……）のような意味不明なカタカナ文字がどっさり表示された。サポートセンターに連絡すると「落雷でマザーボードが焼けましたね、それは」となり、修理に出した。「焼ける」と言っても目視確認ができないから手間取った。

雷は、地面に落ちなくても誘導電流の関係で高電圧の電気が逆流し、パソコンの集積回路の中身を焼くのだよ。以来、遠くでゴロっと雷の音がしたら、急いでバックアップをとってパソコンのプラグをコンセントから抜くことにしてます。

HDDは、消耗品だ。どんな機械も、物理的な負荷が大きいところから壊れるのは鉄則である。

物理的に動くところのすくないパソコンのなかで、真っ先に壊れるのはHDDで、しかも昨日までピンピンしていたのが、予兆なくある日突然死ぬんだから、ほとんど心筋梗塞の世界である。

これは予防以外に対処方法がなく、早め早めの交換が重要。


パソコンは、原稿を書いているときに必ずとまる。止まるんだよ、突然。

ワープロ専用機の安定性が恋しくてたまらんのだが、もはやワープロ専用機はこの世には存在しないので、がまんしてパソコンで書かなければどうしようもない。


パソコンで執筆をはじめて四半世紀、一応有効な回避法は四つ。
一、指癖でこまめに保存。
二、ファイルサイズは最小に。
三、バックアップはしつこく。
四、予備のパソコンは必須。

「指癖」とは、早い話が「Control」キーと「S」キーを同時に押し、書いた原稿をHDDに保存しておくんである。

一センテンスごとに、あるいは数秒、手を止めるごとに、とりあえず保存しておくと、執筆中にパソコンが止まったときでも、被害は一センテンスで抑えられる。

「ファイルサイズは最小に」とは、要するに執筆中のファイルが壊れた場合でも、一ファイルのサイズが小さければ被害が最小で抑えられる、ってことである。

具体的には、章や節ごとに新規の原稿ファイルをつくり、全文が書き上がってから連結するのだ。注意しなければならんのは、連結する際、「Control」キーと「A」キーを同時に押して全選択したとき、うっかり「Delete」キーや「BackSpace」キーに触れて、書いた原稿を一瞬でふっとばす場合があることだ。パソコンは馬鹿だが、自分はそれよりもアンポンタンだというのを忘れてはならない。あなたはやらないかもしれないが、俺はやらかして泣いたよ。


「バックアップはしつこく」。データのバックアップには神経質に。原稿だけは、消滅させたら手のうちようがないからだ。

旗艦機と予備機の二台のパソコンに外付けHDDを二台ずつ接続してある。

三十年分の原稿データは基本的にテキストファイルと静止画像なので、ファイルサイズとしては資料を含めて十GBあるかどうかの小さいもの。なので原稿関係のファイルは一つのフォルダにまとめ、三十二GBのUSBメモリにもバックアップをとってある。

二台のパソコンは同じデータを扱うのだが、ファイル共有はしていない。元ファイルを置いたサーバがやられたらそれまでだからだ。だから、二台のパソコンの原稿ファイルは、USBメモリで同期している。

まだある。同期するためのUSBメモリは二本使う。なぜなら、同期中になにかトラブルが発生すると、同期元と同期先のデータが一緒にふっとぶから。「同期していない原稿データ」が一本あるとなんとかなる。

ややこしい（というか、いささか病的だが我慢して聞いてください）ので、まとめよう。

つまり、執筆中の原稿は、パソコン二台、外付けHDD四台、同期用USBメモリ二本、と、合計八本、とってあるわけだ。

「そんなにバックアップとるくらいなら、クラウド使ったらいいじゃないか？」もちろん、ヤフーボックスに一〇〇GB、Googleドライブに一〇〇GB、それぞれ契約して継続して使っている。

「予備のパソコンは必須」は、文字通りの意味である。

パソコントラブルは締め切り直前にやってくる。パソコンを修理するにせよ新調するにせよ、空白時間を最小限にとどめるのは、仕事として当然ではある。壊れてから手配するのは遅い。

あと、予備のパソコンを待機させる上で重要なのは次の二つ。

一、予備パソコンのプラグを抜いておく。もちろん落雷対策である

二、予備パソコンも最低限、月に一度は起動する。パソコンを長期間放置したあと起動すると、アップデートや各種更新で即座には動かない

しかし、パソコントラブルの話は書きはじめると止まらん。恨みがこもっているからなあ。

執筆編

彼は書く。いつでもどこでも何にでも、でござる

今回は執筆環境・モバイル編。タイトルは戦場カメラマン・宮嶋茂樹氏の名言「彼は寝た。いつでもどこでも誰とでも」のパクリです。

洒落ではなく、三十年——デビュー前を含めるとそれ以上の間、「いつでもどこでも書けるにはどうしたらいいか」という工夫の歴史でござんした。

二十五歳で書き始めて五十四歳で会社をたたむまでの二十九年間、兼業作家でした。兼業作家はインプットの面では刺激が多くていいんですけど、執筆時間の捻出に難儀しました。「時間がないから書けない」「静かなところでなければ書けない」「原稿は縦書きでなければ書けない」といった、時間や場所や方法の贅沢を言う余裕はなかったんですよ。

最初のモバイル環境は、ノートと極細サインペンだった。

最初につとめたタイトーというテレビゲームの会社は、昼間はテレビゲームのゲームセンター開拓、夜はスナックへカラオケマシンのレンタル、というところでした。朝九時半に練馬の営業所で会議をしたあと新宿や池袋に散り、夕方五時に新宿コマの裏のゲームコーナーの奥にあるサービスセンターで故障待機で夜十時半ぐらいまでいた。

幸い、電車での移動が主だったので、A5サイズのノートに0.5ミリのサインペンで、移動中に下書きし、帰宅してからワープロで清書した。ただしサインペンだとあっという間にペン先が割れる。かなわんなーと思っていると、ある日、使い捨ての万年筆が発売になってとびついた（パイロットのVペンだ）。これはとても具合が良かったのだが、いかんせん書く量が多く、ものすごい勢いでインクがなくなる。これはかなわんので、奮発してパイロットの万年筆「カスタム」の中字を買った。パイロット「カスタム」はたいした万年筆で、ほとんどメンテナンスをしなくとも壊れない。十数年前にペン先が割れたので新品に交換したが、三十年使って、わずか二本である。

ワープロ専用機が筆箱サイズで持ち歩けるようになったので、これも速攻で手に入れた。OASYS Pocketという機種で、親指シフトキーボード。こいつで原稿を書いてカードメモリで据え置きマシンに原稿データを移した。

出先での執筆が、紙にするかデータにするか、という選択肢が増えたのは助かった。原稿の下書きだけではなく、清書が出先でできるようになったので、隙間時間の執筆作業の幅がひろがったのだ。

また、キーボードを親指シフトからローマ字入力に移行したことで、モバイル環境の選択肢が一気に増えた。

モバイル環境での執筆で要求されるものは四つ。

一、電源の心配が要らない
二、起動が早い
三、読み書きが迅速
四、堅牢
二十数年前のノートパソコンでは電源の要求を満たすことは困難だった。いきおい、乾電池で駆動するPDA（死語）が中心になる。モバイルギア、Palm、HP200LXと流れて、最終的に二〇〇八年ポメラに落ち着いた。商売柄、扱いはハードで、あっという間にキーボードを使い潰すが。

二〇一四年にChromebookが開発された。Chrome OSを搭載したノートパソコンで、起動は数秒。電源はつけっぱなしでも九時間持ち、しかも各種アップデートは一瞬で済むうえ、ブラウザ環境はデスクトップと共通しているので、文字変換のストレスもほとんどない。

現在、執筆のデータマシンとしては、二台目のChromebookと三台目のポメラを使っている。普通はChromebookを、ネットからシャットアウトして執筆に専念したいときはポメラを使ってます。

モバイル執筆環境の要件をみていただくと薄々お感じになるとおり、実のところ、モバイルで執筆する場合に一番条件を満たすのは「紙とペン」なんです。

なんといっても起動が早い。ペンを持ってノートを広げた瞬間に書ける。

紙だと電源の心配をしなくていい。

書く速度では、紙はキーボードに劣ります。ペンは一本だけど指は十本ありますからね。

データ保持の堅牢さでは、紙は圧倒的です。データ原稿だと千枚の原稿も一瞬で消滅しますが、三百枚の紙原稿を消滅させるのはけっこうたいへんです。親父が死んだとき、棺にぼくの本を入れた。そのとき葬儀社の人がぼくの本のページを折り曲げていた。「何してるんですか？」とたずねたところ「空気が通るようにしておかないと、本は焼き上がらずに残るんですよ」とのこと。そのぐらい紙のデータは頑丈。

意外と使っていないのはスマホかな？　二、三年使って、結局、ガラケーに戻しました。電話として使いにくいことと、メールの打ちにくさに音をあげました。スマホが出たばかりのころ、外付けのキーボードで対応していましたが、Chromebookが出たことで、執筆とネットアクセスはそちらに乗り換えた。

基本的に小説は「辞書と紙と書くものさえあれば、いつでもどこでも書ける」ものなんですが、選択肢が増えたのはありがたい。コースターの裏やナプキンに書いたり、トイレの個室で自分のパソコン宛に原稿を書いてメールしたり、祖父の通夜のときに棺桶を机がわりにして原稿書いたり。絶対に書けないのは、配偶者の親族の葬式ぐらいなものです。自分が倒れたときはどうするか？そんなもん、それをネタにして書くに決まってるじゃないっすか。

こうしてみるとけっこうネットに淫した生活でござる

ネット関係は多岐にわたっているので、今回は「双方向編」。ネットワークコミュニケーションは、こちらから一方的に告知するものと、一対多での対話、一対一での対話、と、いろいろありますからな。

同業者のなかでは、ネットを導入したのは、最も古い部類に入るとおもいます。一九九四年、ワープロ専用機にモデムを突っ込み、パソコン通信をはじめたのがきっかけ。ぼくはニフティサーブでしたね。

なぜネットを導入したかというと、最も安価なプロモーションだったから。賞とは無縁で、書評に取り上げられることも滅多にない。「書店に置くだけで売れる」ような作家でもない。何もしなければ消えてしまうのは確実で、「一人でも読者を増やすにはどうしたらいいか」というのが発端です。自分の本を立ち読みしてもらうまでのハードルが、いかに高いか、それまでの書店訪問で思い知らされてきましたからな。

パソコン通信も死語になってしまいましたね。「字数制限がないTwitter」がいちばんニュアンスが近いかな？ 仮想会議室というものが——ハッシュダグでテーマごとに振り分けるようなものがあったんですよ。

ぼくはそこで新人賞投稿相談をやっていました。まあ、ほかに取り柄もないしね。ネットでの集まりというのは人柄が反映されますな。太田忠司さんがよく出入りしていた会議室は、どのメンバーも上品でつつましいかたが多かった。

ぼくがやっていた投稿相談の会議室は、和気あいあいとは程遠かった。無茶苦茶荒れる（当時は炎上のことをバトルと言った）か閑散とするかのどちらか。まあ、殺伐としたものでござんした。

パソコン通信は、情報収集やプロモーションよりも、コミュニティとして強かったですね。このエッセイを書くために過去のデータを洗ってみたら、ニフティをやっていたのは一九九四年から一九九八年までの、わずか四年間。でも、当時つながった付き合いは深く、漫画家のすがやみつるさんや野間美由紀さん、明治大学の江下雅之教授、ラテン歌手の八木啓代さんなど、業界外のつきあいができたのがよかったかな？

自前のホームページは一九九六年に開設。ただしコンテンツに掲示板は設置しませんでした。要するに「場が荒れる」のが目に見えていて、管理が大変なのがわかりきっていたから。

いただいたメールをチェックしてホームページにコメントつけて公開するスタイルをとっていましたが、それでも嫌がらせメールが後を絶ちませんでしたな。模倣犯がめんどくさいので、どんなメールかいちいち書きませんけどね。

ブログが流行したときも、コメント管理の厄介さにうんざりして、すぐに放棄しました。ホームページの詳細はまたいずれ。

mixiは死語になったようにみえて、現役で使っています。二〇〇二年二月にスタートして、現在も継続しています。

古くさいSNSですが、仕様の関係からか、外部に漏れにくい。過去ログの検索もしやすいので、プライベートな事案はmixiに記録、公開事項はFacebookに記載しています（ホームページは撤退しました）。

Facebookを多用するようになって以降、mixiの利用は激減しましたが、それでも知人に秘密裏の相談事があるときなどに重宝しています。

Facebookは二〇一〇年から導入し、現在にいたっています。Facebookが個人情報保護に無関心なのは当初から言われていた。だもんで割り切ってすべての記事を公開設定にしています。

コメントも一般に開放していますが、Facebookのコメント欄が荒れた経験は、いまのところありません。これはFacebookが記名だから、という理由が大きい、と踏んでいます。

ちなみにFacebookでは未知のかたからの友達申請は、基本的に無視する方針でいます。要するに、公開設定してあるのだから友達申請しなくても記事は読めるしコメントも書けるようになっているから。その状態でなお友達申請でコンタクトをとろうという場合、「何かほかに意図があるんじゃないか」なんて思いますわな。

「Twitterは二〇〇九年からはじめ、現在に至っています。こちらもセキュリティに難があるので、公開情報のみです。現在、フォロワー数は三四〇〇から三五〇〇の間を行き来しています。

はじめてTwitterをやったとき、物凄い勢いで書いた情報が押し流されることに驚きました。結局のところbotまかせで定時に自動投稿し、ときどき書き込む、という流れ。Twitterでの話は小説技法・新人賞情報に的を絞ってます。

それでもTwitterがきっかけで知遇を得ることはけっこうあります。

パソコン通信からmixi、Twitter、Facebook、YouTubeと、いろいろやってきたけれど、断言できるのは「双方向性のあるものは、（ぼくの場合）告知に向いていない」ってことかな。

インタラクティブな場は、人柄がモロに出る。特にTwitterあたりは文字数制限の関係で言葉の粉飾もきかない。

要するに、ぼく自身は叩けばホコリがカタマリで出てくるような、品性下劣なナチュラルエロジジイなんで、迂闊に口を開くとマイナスイメージにしかならない、ってことです。

それにしても、パソコン通信があっという間に消えていったのに、FacebookやTwitterをやりはじめてもう十年になるのが意外かなあ。YouTubeも十年になるよ。

執筆編

時間と体力の戦いのデビュー前夜でござる

二十五でワープロ専用機で書き始め、最初の一作目がオール讀物新人賞の二次に引っかかって、本腰をいれて「小説家になるぞ」と決めた話。

なにせ三十五年前の話なのと、当時書いた原稿はとっくに散逸しているし、記録も残っていないので、基本的には記憶で。

あの当時、エンタテインメントの短編の新人賞はいくつもあった。文春が主催しているものだけでも『オール讀物新人賞』『オール讀物推理小説新人賞』と二つあった。だもんで『公募ガイド』に目を通し、これらに加えて『小説推理新人賞』『小説現代新人賞』に応募すると決め、主催誌に目を通し、執筆のスケジュールを決めた。

いちおう、この当時から「情報は主催者発表のものを確認せよ」って習慣はつけていたんで、この点だけは自分を褒めてやるぜ。

で、何がいいたいかというと、「サラリーマンやりながら小説家を目指すのに、最もたいへんなのは、執筆時間の捻出だった」ちう話である。

ぼくがいた会社はタイトーというテレビゲームの会社だった。入社当時のタイトーは資本金一億二千万、年間売り上げ三〇〇億円、従業員一六〇〇人で無借金経営という、驚異的な超優良企業だった。

そんな優良企業になぜぼくが入社できたかというと、要するに業界自体が人手不足だったからだ。スペースインベーダーの社会的ヒットが収束して間がなく、任天堂のファミコンが発売される以前の時代で、テレビゲーム業界のイメージが最低だった時代の話。

当時のタイトーはカラオケマシンのレンタルとゲームコーナーの経営をやっていた。朝九時から夜十一時までが定時。昼間は不動産屋をまわったりしてゲームコーナーの店舗開発営業、夕方は繁華街のスナック（カラオケボックスなんてなかった）を片っ端からまわってカラオケレンタルの飛び込み営業、夜は十一時まで歌舞伎町のゲームコーナーの奥にあるサービスセンターに詰めて故障待機、という具合だった。

残業時間は月百時間を軽く超えていたはずだが、営業手当を月三千円支給して涼しい顔ですませる、古式ゆかしいブラック企業であった（いまはさすがに違うと思う。ぼくがいたのは三十五年前だ）。

これで仕事が面白ければともかく、人間関係でほとほと音をあげた。上司が嫌な奴で——といいたいが、まあ、当時の上司のトシを上回ると、俺が俺の上司だったら、迷わず俺を辞めさせるけどね。とにかく、平社員鈴木輝一郎は、単に無能なだけではなく、尊大で協調性がまったくなく、手書きの文字が極端に下手で、計算に弱く、電卓を叩くと必ず間違えた。コミュニケーション能力が低くて顧客への説明が満足にできない。一番の問題は、場の空気をまったく考えず、思ったことを思ったまま口にするので、輝一郎がそこにいると、職場の雰囲気が険悪になるところにあった。当時、「タイトーは自分の名前を漢字で書ければ入社できる」とささやかれ、事実、それに近い人材もいた。俺のことだが。

いずれにせよ、この環境で小説家を目指すのは困難なのは明白だった。

会社をやめると決め、知り合いの不動産屋に「雇って」と言ったところ、「うちは零細だから固定給を払えない。宅建（当時は宅地建物取引主任者といった）をとってくれたら、資格料だけは払うよ」といわれ、その足で宅建の学校の入学手続きをした。半年の学期で学費は十五万円、講義を欠席すると、講義を録音したカセットテープをくれた。

ほぼ同じ時期、ゲームコーナーが風俗営業許可申請業務となった。行政書士に手続き書類を依頼することが急増し、どれどれと調べてみると、宅建と試験科目がけっこうダブる。それなら一緒に勉強してしまえ、と、過去問の問題集と参考書を買って、こちらは独学での勉強を始めた。

朝六時には社員寮を出て、通勤の電車内でＢ６の手帳に万年筆で応募原稿の下書き。七時に会社近くの喫茶店でモーニング食いながら宅建と行政書士の勉強。外回りの出先で昼飯は五分で済ませ、のこり五十五分は原稿書きに当てた。十一時にあがって帰宅してから、下書きしたメモをワープロで清書する。まあ、寝るのは午前一時ごろ。

なんだか凄い話なんだが、なんてったって二十代である。いやもう、若いってすごいなあ。

ちなみに、営業をサボって原稿を書いたことはない。真面目だからじゃない。そんな要領の良さがあれば出世している。営業成績はダントツでけつっぺただった。

ともあれ、宅建の合格証書が届いた翌日、会社に辞表を出した。

それから会社を辞めるまでの一ヶ月、営業所の所長から、地獄のような嫌がらせを受けた。どうせ辞めるのと、「辞めるとこんな目に遭うんだぜお前ら」ってな、他の社員への見せしめのためだろう。もう、ここらへんのところが三十五年前である。

この所長には、ぼくの作品に何度も悪役や被害者になって死んだり殺されたりしてもらった。名前を一括置換してあるので、誰だかわからないようにしてあるが。

そんな具合で社員寮を撤収する荷造りをしている最中、オール讀物推理小説新人賞の候補&落選のお知らせを受けた。

書き始めて足かけ三年目、一九八七年のことでした。

ついでながら、時間と執筆外環境の整備に追われるのはこの後も続くんでござるが、そこらへんの話はまたあらためて。

著者書店まわり第一号は鈴木輝一郎なんでござる

はっきりいって自慢になることかどうかよくわからんのだが、近年、すっかり定着した（というか、定着しすぎて書店さんに迷惑かけまくるヤツが多いらしいけれど）プロモーション、「著者新刊書店まわり」をはじめたのは、鈴木輝一郎なんでござる。

だいたいのところは連載の最初に書いたんで、もうちょっと詳しい話。

新刊書店まわりは、三十年前にデビューしたときから続けています。

新刊が出るたびに書店さんにお邪魔して、一回でおおむね五十軒ぐらい訪問するので、延べ三五〇〇軒ぐらい訪問している計算になります。

二十年ぐらい前、まだほとんど誰も著者の新刊書店まわりなんてやっていなかった時代、大沢在昌さんに「どうせやるのなら、一生続けなさい」とアドバイスをもらいました。そりゃそうだと思い、続けるためにはあまり手を広げないほうがよかろう、ってことで、軒数を絞り込み、毎回かならず訪問することにしています。

訪問先は首都圏・名古屋・京都・大阪。要するに、岐阜に住んでいるので、比較的近い大都市ってことで、そうなります。

新刊書店まわりをはじめたのは、元をただせば「鈴木輝一郎のサイン会をやっても誰も集まらないから」という事情です。

ぼくのデビュー当時の担当だった、講談社の唐木さんが「何もしなければ輝一郎さんは消えてしまいます。なにか考えてください」という話をしてくれた。

そのとき、演歌歌手がレコード店の店頭でカラオケで歌い（「カラオケ」って、元をただせば演歌歌手の店頭キャンペーンで歌うためのものだった、って知ってましたか）手売りしていたのを思い出した。

タイトーにいた当時、青森でカラオケショップ（死語・カラオケが配信ではなく八トラックのカセットだった時代、そのカセットを販売する店舗があったんです）をオープンすることになり、その開設のために行った。そしたら当時、『氷雨』で当てた日野美歌さんがキャンペーンで店に顔を出したんですな。ちなみついでに書くと、当時の青森は、八トラどころか、シングルレコードのカラオケが現役だった。

演歌歌手はレコード店がなければ成り立たない。小説家は書店がなければ成り立たない。

演歌歌手がレコード店に「お願いします」と挨拶にいくように、小説家だって書店に「お願いします」と挨拶にいくのは当然じゃないか？　ってな発想だったんでござる。


どの書店をまわるか。

訪問先で自分の著書を棚の担当のかたに献本する関係上、初回配本で二桁ある書店を中心にまわることにしています。

ぼくが書店まわりを始めた当時は、事前に営業に話を通しておくと、「どこそこの書店への初回配本は何冊」という配本表をくれたので、それをみながら訪問する店を決めてゆきました。

この、「配本数をみながら実店舗に足を運んで自著の陳列状態をチェックする」ってのを何年かやったおかげで、「初版部数がわかると、店の前に立つだけで、自分の本が何冊配本され、どこらへんに、どういう状態で陳列されているか」がわかるようになりました。我ながら凄い特技だと思うんですけど、ツブシのきかない特技でもあります。


ぼくの書店まわりは、基本的にアポなし・飛び込みです。

岐阜に住んでいるので、棚の担当の書店員さんとのスケジュール調整が難しいから、というのが理由の第一。

それ以上におおきい理由は、「アポなしだと、長居せずに済むから」ということ。要するに、人見知りが激しいうえに物言いが尊大で人に好かれないタチなんです。ぼく自身のマイナス要因で自著の足を引っ張るわけにはゆかない。

同業者の碧野圭さんはきちんとアポをとり、日本中の書店さんを訪問し、インタビューしてブログに掲載しておられます。『めざせ!書店訪問１００店舗』で検索すると出てくる。令和二年四月二十三日の時点で一四九軒目の記事になっていました。これはとても真似できないなあ。

同業者の佐藤青南君は、Twitterで書店員さんに呼びかけ、応じてくれる書店を訪問するスタイルをとっているんだそうだ。これ、呼びかけてもガン無視される可能性もあるわけで、ぼくはそちらのほうが怖い。

書店まわりをするうえで、最も怖いのはなにか。それは棚の担当書店員さんが「サインしていいよ」といって持ってくる店頭在庫の数。

著者のサイン本は汚損の扱いになり、サイン本は売れ残っても出版社に返本できない。つまり書店の棚の担当者が店頭在庫に「サインしていい本の数」ってのは、「この著者のこの本なら、このぐらいなら確実に売れる数」ってのを意味してるわけだ。――いちおう、初回配本数の見当をつけて訪店しているんで、「返本されるかもしれない数」が見える。これはけっこう怖い。

著者の新刊書店まわりが定着したのは、この十年ぐらいかな？　記録をみると、二〇〇〇年に長野の書店組合で「みずから書店を営業してまわる作家！」ってタイトルの講演をやってる。当時はまだ珍しかったんだね。

ぼくが始めたころ、周囲の反応は冷ややかなもので、エッセイで名指しで「あんなパフォーマンスはやめろ」なんて書かれたこともございました。

ところが、いまは「著者　書店まわり」で検索をかけると、実にいろいろ出てくる。時代の違いを感じますねえ。

そもそもこの連載じたい、死語がやたら出てくるので、時代の違いを感じまくりなんですけどね。

資料代が湯水だった時代があったんでござる

むかしむかし、時代小説を書くためには、モトデが必要だったのだよ、という繰り言の話。

歴史小説をかくきっかけは、こんな話。

デビューしてほどないころ（一九九三年ごろのはずだ）、出版芸術社の社長（当時）の原田裕さんから電話があった。

推理小説の短編「めんどうみてあげるね」が『小説フェミナ』誌に掲載されたんで、掲載誌に一筆つけて原田さんに送った、その返事。「あれ、面白かったから、うちでも書かない？」ってな話だった。

だもんで、ストックしてあった歴史短編を原田さんに送った。

歴史短編の元ネタは田代和生教授（当時）の書かれた『書き替えられた国書』（中公新書）という新書。

豊臣秀吉の朝鮮出兵後、徳川政権と朝鮮李王朝の国交が再開された。このときの外交文書は、日朝外交を担当した対馬国・宗氏が偽造していた。そして徳川家光の時代に、宗氏の家老・柳川調興が徳川幕府に宗氏の国書偽造を暴露し、日朝外交を危機におとしいれた。

——ってな実在の事件ね。

最初にこの事件を目にしたとき「これは法廷ミステリーになる」と判断し、書き上げたもの。新書一本で書き上げるような無茶をするんだから、新人ってのは怖いものを知らないよねえ。

で、原田さんから「これを長編にして出そう」と言われ、さっそく書こうとしたんだが、資料がない。


そんななか、東京大学史料編纂所に、この事件の調書と裁判の徳川幕府による公式記録が残っているのがわかった。もちろん手書きで和綴じのものだ。

何百年か前の記録なのでゼロックスコピー（死語だ）は不可。複写は一ページずつ写真撮影し、撮影したフィルム（死語）は東京大学史料編纂所に寄贈せよ、とのこと。で、見積もりをとってみると、示された写真コピー代が五千円。

「高いな」と思ったものの了解し、数日後、紙焼きで届いたものに添えられた請求書の金額が「五万円」。ゼロをひとつ間違えました。ええ、払いましたよ、もちろん。

この請求書をみたとき、頭の奥で「ぷちっ」と切れる音がしましたな。

隆慶一郎の講義を受けたとき『徳川実紀』は必要だよねえ」と言っておられたのと、ことが徳川幕府の日朝外交史なだけに不可欠な史料で、実際に神保町の古書店街に足を運んで現物をみた。

「紙のコピーで五万したものより、徳川将軍十五代の公式記録全十五巻がまとめて買えるのなら安い！」と十三万で買った。

戦国の史料が必要だから、と、群書類従正編を三十万出して買い、いざ開いてみると正編だけではとても戦国モノを書くのに不足だと判明して続編を三十万追加して買う。

吉川弘文館『国史大辞典』の改訂版が出たので全巻まとめて購入し、各種人名辞典の元ネタ『寛政重修諸家譜』が新装版で刊行されたので全巻まとめて購入した。『古事類苑』の新装版が刊行となったとき、その見本をみて「けっこう『国史大辞典』と内容がダブっているかも」と迷いつつ、古書店から送られてきた古書目録に、『大日本史料』全巻九四〇万円というのが目に入って、我に返った。

ちなみに三十年後の二〇二〇年現在、これらの多くが、ネット上で、タダまたは年会費二万円の辞書検索サービスで自由自在に読めるんである。俺の青春を返せ。

森村誠一さんが忠臣蔵を書くとき、軽トラック一台ぶんの資料を買い込んだ、という話を聞いた。森村さん本人に確認したところ、「うーん、買ったよ。読まないけどさ、不安だからね」とのこと。そのときは「すげえ」と思ったけど、自分の身になると、やるよね。忠臣蔵の資料は古書店の棚一竿まるごとだったりするので、「軽トラック一台」ってのは、あながち誇張じゃない。

参ったのは、そうした資料の多くが、翻刻（手書きの稿本を活字に起こしたもの）してあっても古文漢文なこと。

しゃあないので、荻野文子の参考書・通称「マドンナ古文」を買ってきて、高校の古文漢文を勉強しなおしましたがな。まあ、高校の教科書と違うのは、読むものは文学ではなく資料で、五W

一Hが明確なものが多く、文学よりもはるかに読みやすいこと、かな。なんといっても、生活とモトデがかかっているんだから、高校時代とは必死さが違うよ。

なぜそんなに史料や資料をあつめたのか。「高い資料をあつめなくても、解説書や新書に、いい本がいっぱいあるじゃないか」と言われることがけっこうあった。

まあ、要するに不安なんですな。

デビューするやいなや、自分の才能のなさを思い知らされることが多かった。他の才能ある同業者と同じことをやっていたら太刀打ちできない。努力で才能は伸ばせないけれど、努力で知識は増やせる。そんな、シンプルな理由からです。

それにしても、だ。

参考資料といえども、限界効用逓減の法則が当てはまるんだから、ゴッセンってのはたいしたもんである。資料を買えば買うほど、読んだことのあるようなものばかりあつまってきて、満足度と「身につく度」が違う。五万円の資料はぼろぼろになるまで読み返したけれど、ナンジュウマンエンとかけた資料は、デジタルのものが公開されるやいなや、さっさとそちらに乗り換えちゃうんだもんなあ。

鈴木輝一郎小説講座の受講生に「課題図書は必ず購入しなさい」と言っている一番の理由はそれ。懐に痛い思いをして買った本は、ぜったいに読むからねえ。

先生だってたまには自慢したいんでござる

今回は鈴木輝一郎小説講座・自慢編。

小説講座の先生ってのは裏方仕事で、表に出ることは滅多にない。褒められもしないし脚光も浴びない。たまには自分を表で褒めないと腐るんで、たらたら自慢話しよう、ちうことです。

いちおう「鈴木輝一郎小説講座は全国屈指のプロデビュー率」とうたっています。岐阜講座は二〇一一年に始めましたが、エクセルで記録をつけ始めた二〇一五年からはこんな具合。

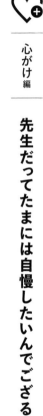

二〇一九年度　受賞三名　予選通過二十七名
二〇一八年度　　　　　　予選通過十名
二〇一七年度　受賞一名　予選通過三十三名
二〇一六年度　受賞三名　予選通過二十一名
二〇一五年度　受賞二名　予選通過二十三名

デビューして生き残っている受講生には、横溝正史賞を受賞した逸木裕君や「世界一クラブ」シリーズが人気の大空なつきさん、「ここは俺に任せて〜」シリーズのえぞぎんぎつね君などがいます。

なぜ「いちおう」と言ってるかというと、規模も大きいから。受講生は現在、一一〇人から一二〇人（随時受講なので変動がある）と、小説講座としてはかなりの大所帯です。二〇一四年に

web生中継が可能になり、インターネットでの受講にほぼ完全対応してから、受講生が爆発的に増えました。あ、ゲラに手を入れている最中に受講生桃ノ雑派君（筆名は受賞時）が第六十七回江戸川乱歩賞を受賞しました。

ちなみに、岐阜講座の前に名古屋で二年ほど教えていましたが、このときに水生大海さんと奥山景布子さんの二人がデビューしてるってことも褒めてください。

本当に凄いぜ——受講生が。

なぜこんなに受賞者が出るのかは不明です。

謙遜しているわけではなく、本当に、ぼくは教え方はうまくない。自分の動画チェックをしても、訥弁でつっかえつっかえ話し、しかも話のスピードが極端に遅い。いちばん頭をかかえるのは、考えに口がついてゆかず、口語の文法がぐちゃぐちゃで意味不明なことを口走っているシーンがけっこうあるところですな。

受講生の数が多いことは確かですけど、受賞率や予選通過率を計算するとそれだけじゃない。「いい受講生がたくさんきているから」ってことは間違いない。

それから、ぼくの「受賞させます運」がやたら強いことは確かです。これはもう、まったく根拠もなく、かぎりなく「おまじない」に近い。

どのぐらい鈴木輝一郎小説講座の「受賞させます運」が強いか。

普通、小説講座の実績というと、「最初は予選落ちして、先生の指導でだんだん腕が上がって受賞」ってのがイメージだろうと思います。まあ、そういうタイプはけっこういる。「とりあえず最後まで書き上げてみなさい」と無理やり書かせたらいきなり受賞、というケースね。まあ、先生が「書き上げることの大切さ」を教えているんだから、「教え方がいい」といえなくもないけどさ。

だけどなあ。それまで万年予選通過者だった人が「これじゃだめだ」と一念発起して鈴木輝一郎小説講座の受講手続きをしたとたん、すでに投稿を終えていた作品が最終に残ったり受賞したりするケースがちょいちょいある。いちおう、講座に在籍していることには違いありませんが、受賞までのことは何も教えていないんで、妙な気分にはなります。

不思議なのは「受講をやめたとたんに消えてしまう」こと。それまで最終の常連だった人が「一通りのことは学んだので失礼します」と退会したとたん、予選にも残らなくなる、ってケースが結構ある。いったん辞めたものの受講を再開すると、すぐに予選を通ったり最終に残ったりする。

この理由は、いちおう、説明はつきます。

鈴木輝一郎小説講座、たぶん「日本一、敷居の低い小説講座」です。受講料は月額定額三千円弱という岐阜価格、ネット配信なので時間や地理的な制約は一切ない。音声をダウンロードすることもできるのでギガが不足することもない。生活保護を受給していても受講できるし、育児や介護などで身動きできなくても受講できる。このぐらい敷居が低いと、他の小説講座から流れてくるケースも多い。まあ、「小説講座の最後の砦」みたいな部分はある。この受講環境でも受講をやめるということは、「そもそも書きたくない」ってことですわな。

——とまあ、そんな具合に「やめると消えるよ」という話をしたら、コンプライアンスに詳しい受講生から「先生、それ、パワハラになるから、言ってはいけません」と注意されたので、講義のなかではいわないようにしましたが。

ちなみに、この「受賞させます運」は、ぼく自身にはまったく働きません。本業の小説では賞関係は無縁のまま。

先日、事務局から「先生の講座が受賞しました！　おめでとうございます！」とお祝いされた。全国民間カルチャー事業協議会というところが主催する「講座アワード二〇一八」を受賞したんだとのこと。

事務局のかたが「来週、授賞式なんで、出席してきますね！」というんで、おもわず「は？」と尋ねかえしました。「すいません、先生が表彰されるわけじゃないんです」という。

つまり「鈴木輝一郎小説講座を企画したぎふ中日文化センター」が表彰される、ってことなんだと。このとき自分の講座に「鈴木輝一郎」って冠してなかったので、授与されたトロフィーには、ぼくの名前は一切入ってない。もちろん、ぼくがいただいたわけじゃないので、トロフィーは事務局のもの。なんだかグレるぜ。

小説講座をやる最大のメリットは、「自分の仕事にフィードバックできる」「小説執筆以外のスキルが身につく」ということかな。けっこう大量にあるので、そこいらの話はあらためて別稿で。

執筆編

原稿の直しの無限地獄へようこそでござる

担当の杉江さんから「原稿の直し地獄の抜け出し方を読んでみたい」とリクエストがあったので、今回はその話。

いつ、どの段階で直しのチェックがはいるか。基本、原稿を渡してからです。

一、担当編集者　二、デスク（刊行権限者です。編集長や社長の場合もあります）　三、校閲が主だったところ。それぞれの段階で「差し戻し」があります。裁判みたいだな。もちろん、これらのチェックを通ったところで、出版社が倒産したり、社長が交代したり、編集長が異動したり、担当者がケツまくった異動や、担当者が何かやらかして退職して突然いなくなったりすると、すべて振り出しに戻ります。

自著の刊行は、店頭にならぶまでは何が起こるかわからないのが普通。そこらへんを見誤ると、痛い思いをします。

担当編集者の直しのチェックが、とりあえずは第一関門、かな。

新人のうちは、担当編集者の直しのチェックのあまりの多さに愕然とすることがよくあります。

なぜ新人作家はそんなに直しが多いかというと、いちばんの理由は「プロでやってゆくには、圧倒的に力不足だから」です。その著者にとってデビュー作は最高傑作なんですが、要するに第二作は、それまでに書いた以上の水準が必要になる。ちっとやそっとで最高傑作がぽんすかぽんすか書けるわけもないんで、結果的に「二作目の壁は高い」ってことですね。けっこうな割合でデビュー二作目の壁を越えられず、消えてゆきます。

編集長やデスクが直接直しの指示をすることは滅多にないかな?（ないわけではない）この段階だと、出される指示はOKか全ボツかのどちらか、ってことが多い。決裁待ちの最中に編集長が異動になると、担当者の段階で通った原稿が全ボツとなるのも珍しいことじゃない。編集長の全ボツで全面書き直しをして渡し、新編集長の決裁待ちをしている間に新編集長がまた異動でいなくなって全ボツ、なんてこともありましたな。

校閲はあくまでも原稿のチェックであって、校閲のチェックで刊行が左右されることはありません。

二十年ぐらい前には「ウィキペディアでは〜」と平気で書いてくる校閲がいて閉口したものでしたが、いまではさすがにそこまでひどいヤツはいない。

用字用語の統一にばかり目がいって内容の矛盾に気がつかない校閲に何度かあたりました。これに懲りたんで、原稿を送るとき、「鈴木輝一郎用字用語統一基準表」ってのをつくって添付するようにしました。

担当編集者から直しの指示があったとき、「どこを直すか」ではなく「どこがおかしいと編集者は感じたのか」を考えることは重要です。

指摘されたところを指摘されたまま直すのは単なる対症療法です。たいていの場合、根本の原因はまったく違う箇所だったりします。

二十年ほど前、某社に送った原稿が、ほとんど全部のページに、メモされた付箋を貼られて返されてきた。付箋をひとつずつ読んでゆくと、「直しの指示」というより、「そもそもこの編集者の好みじゃない作品なのだ」と判断した。「女が生きるのに夫は要らない」ってテーマの戦国恋愛小説で、まあ、男の編集者の好みじゃないのは当たり前だわなあ。

その編集者の好みはだいたい把握できたんで、彼の好みそうな長編を一作書き上げて差し替えで渡し、渡した作品は返してもらって、河出書房新社の太田さんに読んでもらって、『燃ゆる想ひを』（河出書房新社）って本になって刊行された。

先日、さる図書館で講演仕事をしたとき、そこの司書のかた（女性）から「二十年前に読んだ『燃ゆる想ひを』が、私の心のバイブルなんです！」と熱く握手をもとめられた。仕事はきちんとやっておくもんだ。

話はどんどん逸れてゆきますな。杉江さんのリクエストは「どうやって直し地獄を抜け出すか」でした。

いちばん手っ取り早い方法は「サクッと別のものを書く」ですね。

ほとんどの作品は、生まれ落ちた瞬間に出来の上限が決まってる。直しをいれると上限に近づくことはあっても、飛躍的によくなるわけじゃない。

ぼくの場合、初めての版元とつきあうときは、相手の好みやトーンがわからないので、何本か書いて様子をみることにしています。器用な書き手ではないので相手に合わせることが難しい。それよりも自分の書けるタイプの原稿を提示して、そこから選んでもらう、という感じ、ですか。

このエッセイの連載も、注文をもらったときに「情報提示系」「肩のこらない三角窓口系」「熱く燃える系」とサンプル原稿を書いて示し、「熱く燃える系」で決まった、という具合。


この仕事をやるうえで、ぼくが最も優先しているのは「書きたいものを楽しんで書く」ということ。世間は空前の出版不況だそうですが、ぼく自身はデビューしてから毎日が不況だった。本を出すたびに「これで消えるかも」といつも思ってた。だからまあ、「どうせこれで消えるんなら、自分を曲げて書きたくないものを苦しんで書いて消えるより、自分が書きたいものを楽しんで書いて消えるほうが納得できる」ということですね。

こうやってみると、われながらけっこうワガママなことやってますな。まあ、「書きたいものを書く」というところさえ守れるのであれば、あとはどんなことでも妥協する方針ですよん、って付け加えておきます。そこが大切なところだけどね。

健康編

ノムウツカウに耽溺するのも注意が重要でござる

今回はアルコール依存症になった話。十年ほど前にアルコール依存症になり、現在断酒継続中、って話ね。

アルコール依存症は「大酒呑み」とどこが違うのか。自分で酒量のコントロールができなくなる病気が「アルコール依存症」です。医者から「これ以上飲むと死ぬよ」と警告されて止められるのが「大酒呑み」。「ふうん、そうなんだ、ごっくん」と聞き流して呑み続けるのが「アルコール依存症」。ひとつの目安として「自宅にアルコールの（酒ではない）備蓄があるかどうか」ってのがポイントね。味醂やヘアトニック、料理酒なども立派なアルコール備蓄なんだな。

なぜアルコール依存症になったか。まあ、仕事上のストレスです。

小説家という仕事は、趣味と生きがいと生計が一本にまとまっている。一つがぐらつくと、全部やられる、ちうことですな。

デビューして二十年ぐらい、とにかく売れないし、たいした評判にもならなかった。書評にあげられることもほとんどない。まぐれ当たりで推理作家協会賞をいただいたものの、その後、たいした変化もない。

同業者の知人たちが次々とブレイクして爆発的に売れ、追い抜いていく一方、足踏みを続けている同業者の知人たちが次々と自ら命を断ってゆく。ほぼ毎年、同業者知人の訃報を耳にした時期がありましたな。「脚光を浴びなければ消えてしまう恐怖」ってのがつきまとう仕事でもあります。小説という仕事を選ぶ以前の「生きるだけで難儀な日々」に戻る恐怖ってありますわな。

いちおうのきっかけというものはあった。

二〇〇〇年前後、祖母やら親父やらが次々と倒れる、同時多発介護に見舞われた。ここらへんの詳細は『ほどよく長生き死ぬまで元気』（小学館）『家族同時多発介護』（河出書房新社）に書いたんでそちらをどうぞ。まあ、最大で七件ぐらい並行してましたな。

そういう状態だと、仕事と家庭の両方に不安が発生する。小説仕事も家族同時多発介護も、人知の及ばない部分が大きくて手が打てない。そんなだと不安に追い立てられるし眠れもしない。で、二日でスコッチのボトルを空けるような状態が続いた。ある日、体調がきつくて、かかりつけの医者に行って事情を話したところ、「酒で不安や不眠をなだめるよりも、いまはきちんとした薬がありますから」と、抗不安薬と睡眠薬を処方された。

これはどちらもよく効いたんだけど、もちろん薬だけでは根本の問題は解決しない。禁忌の抗不安薬・睡眠薬とアルコールの併用が始まり、ブラックアウト（呑みすぎて意識と記憶が吹っ飛ぶこと）の頻度が加速してゆく。

飲酒量としては、二二〇〇ミリリットル・二十五度のペットボトルのタカラカップを三本呑んだあと、抗不安薬と睡眠薬を呑み、九度の缶酎ハイ五〇〇ミリリットルを意識がなくなるまで、ひたすら呑む、という具合です。

こうした大量飲酒による失禁・寝小便が十年ぐらいかけて常態化してゆきました。

酒量そのものは体質的には「多量」ではなく、ブラックアウトの理由は主として抗不安薬・睡眠薬との併用によるものです。酒量的にはさほどでもなく、泥酔した翌日にも二日酔いはなく、翌朝はすっきりと目覚め（自分だけが。同居家族は悲惨なことになるわけだが）、また呑み始める。

そんな日々が続き、二〇〇八年の秋に、前妻から「うちを出てゆくか、私が出るか、どちらかを選びなさい」と迫られ、ぼくが出るほうを選んで、今日に至っています。

とりあえずとびこみで精神科に行ったとき、初回の問診で、「仕事は？」とたずねられ（仕事のストレスが理由でアル中になったんだから、仕事は聞かれますわな）「小説家です」と答えたら、「いつからそう思ってます？」という反応が返ってきた。こりゃだめだと思ってかかりつけの内科で紹介状を書いてもらい、自著を持参して別の精神科にゆきました。

で、精神科でどんな治療を受けたかというと、問診とシアナマイド（嫌酒薬。これ呑んで酒飲むと悶絶する、って薬）を処方され、「様子をみましょう」と言われただけで拍子抜けしました。いまにして思うと、せん妄や幻覚などの身体症状が出ていなかったんで、入院も難しいところではあるんですけどね。そんなことがわかるわけがない。

茫然自失となり、「こりゃ、死ぬしかないかなあ」と車を走らせていると、近所のキリスト教の教会の十字架が目にはいった。それまで毎日、前を通ってたんだけど、まったく気にもとめなかった。でも、このときは車を止め、電話をかけましたな。翌週から日曜礼拝に通うようになり、受洗するんですが、ここいらの話はまたいずれ。

最初の一年ぐらいは、ことあるごとに教会に足を運んで牧師に話を聞いてもらったり聖書の勉強をしたりしてた。これが結果的に断酒の継続につながりました。後年、NA（薬物依存症者自助グループ・アルコールは合法だけど薬物です）やAA（アルコール依存症者自助グループ）に通うようになり、断酒のプログラムを知るようになってから、いろいろわかるようにはなりましたが。

アルコール依存症は再発しやすい疾患ではあります。覚醒剤のような強烈な欲求がないかわり、誘発するものがコンビニに行けばある。友人がSNSで酒宴の写真を上げていても飲酒欲求はわかないのに、酒のメーカーの広告動画を目にすると欲求が吹き出すんだから、広告戦略ってのはすごい。「ひとくち呑んだら簡単に再発する」とはよく言われることで、あの日々には戻りたくないから、とりあえず毎日こつこつと飲まずに生きているけれど、なんだか地雷原のまんなかを、歩いているようなものではあるなあ。

ま、生きてると、いろいろあるぜ。

心がけ編

そういえばシャチョーさんだったんでござるよ

会社を経営していて、長いこと兼業作家をやっていたんですが、そういえばそこらへんの話をする機会がありませんでしたね。今回はその話。

ぼくが経営していたのは「株式会社鈴木コテ製作所」といいます。

昭和元年、祖父が左官コテの鍛冶屋をはじめ、亡父の代のときに株式会社組織にしました。

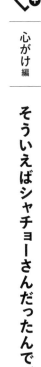

二十八歳のとき、タイトーというテレビゲームの会社を辞め、一時骨休めのために岐阜に帰省した。長く勤めるつもりはまったくなく、次の仕事を見つけるための腰掛けのつもり。だったんで給与交渉も、小遣い程度のところで手を打ちました。

ところが、岐阜に帰ってほどなく、オール讀物推理小説新人賞の最終にまた残った。で、本腰いれてデビューを目ざそう、と決め、自営だと時間の融通がきくので、そのまま居座った。

ええと、まず「左官」がわからないか。

その昔、建築物の「壁」というのは、近所の田んぼから泥を運んで塗りつけて作っていった（荒壁といいます）。その壁をつくる職人が「左官」です。ほいでもって左官が壁をつくるためのヘラみたいな道具を「コテ」っていいます。ちょっとイメージがつかみにくいかな？　水木しげるの漫画に「ぬりかべ」って妖怪が出てくるでしょ？　あれの持っている道具がコテ。

ちなみに鈴木コテ製作所の屋号は「ヤマスズ」。

左官コテは田んぼの土を使う関係で地域差が大きく、関東と関西と東海では、柄の形からして違います。

ヤマスズのコテは実は東海地区ではかなりの高級なブランド品だったんですよ、はい。


会社を廃業したいちばんの理由は「時代の変化」です。

家屋に木舞《こまい》（柱の間に壁を塗る下地にするために、平たく割った竹を網目に組んだもの）を組んで壁を塗るのは「湿式工法」のひとつ。乾燥硬化を待ちながら施工してゆくので、ちゃんと作ろうとすると二年ぐらい平気でかかる。

建築業界的には、工期イコール経費なんで、工程全体のなかでは、左官工事を減らせば減らすほど費用を抑えられる。

まあ、はっきり言えば、住居の建築工法の発展は左官工事の削減の歴史でもある。親父は生前、よく「俺の代で終わるぜ」と言ってましたな。

ぼくが岐阜に帰った当時、かろうじて荒壁仕事もあったのですが、親父が亡くなるあたりから、一気に左官仕事もなくなり、道具はもちろん売れなくなる。

そのころ、コテで仕上げるタイプの速乾性の薄塗り型の外壁材が発明され（ジョリパット、っていうんです）、それ専用の左官コテを発明して十年ほど維持することはできたものの、時代の流れには逆らえませんでした。ジョリパット用のコテは荒壁用のコテよりもヒトケタ安く、少資本のコテ専門の零細企業では単価が低すぎる。ジョリパットコテの売り上げに占める比重が高くなるにつれ、会社全体の売り上げが下がるという形になった。

多いときには五人ぐらい職人をかかえていましたが、定年で退職していったあとも人は補充せず、人件費の自然減を待つ形をとってゆきましたね。

まあ、そんな具合に確実に将来性のない仕事なので、負債がないうちに廃業を決め、三年かけて廃業。平成二十六年、五十四歳のこと。最終的に黒字決算でおえられました。

創業八十八年、ぼくの代で看板を下ろすのは何ともいえない気分にはなりましたな。

それにしても、まさか、コテ屋の方を先に廃業するとは思いませんでしたけど。

シャチョーさんとセンセイの兼業生活は、けっこうたいへんでござんした。

メーカーといっても零細企業で、マーケットそのもののニッチな業界です。左官コテの修理ができるメーカーは、はっきりいって小説家の数よりも少ない。

左官コテの製造だけでは食えないので、製造・卸・小売のほか、卸のルートを使って左官工具全般の問屋もやっていました。水盛缶とか墨壺とか曲尺とか。

だいたいの仕事のルーティンとしては、月に十日間セールス、十日間工場でコテづくり、十日間執筆、という具合でしたな。

セールスは建材店さんへのルートセールス。愛知・岐阜・三重・滋賀県内を車で走ります。月に四回ぐらい給油するので――月間で二千キロぐらいか。ルーティンなものなので、これは注文の有無にかかわらず巡回する。別に辛いとは思いませんでしたが、このときの夢はいまだに見ます。

廃業を決める前あたりになると注文は激減。おのずと工場の仕事も減ってゆきます。左官コテの修理さえもなくなってきましたねえ――というか、「コテが修理できる」ことさえ知らない左官さんが増えてきたことも大きいかなあ。


たいへんと思いつつも、何十年も兼業を続けていたのは、もちろんメリットが大きかったから。いちばん大きなメリットは「社会的信用」かな。

シャチョーをやってるとき、小説家の同業者巨匠から電話がかかってきた。

「マンションの出物があったんで買いたいんだが、キイチロー、保証人になってくんない?」という。普通は断るんだけど、その人、小説家としては珍しく常識人だったし、まあ、いざとなれば印税を押さえれば済むことなんでオッケーだしたんですが、「そこでちょっと頼みがあるんだ。小説家じゃなくて、コテ屋の社長のほうで頼む。小説家だと保証人になれねえんだ」と。

デメリットは――「小説で食えないから兼業なんですか?」と必ず聞かれたこと、かなあ。いや、ポイントはそこじゃない。

執筆編

我輩の辞書に不可能の文字はやたら出てくるでござる

今回は担当杉江さんのリクエストにお応えして、辞書の話。

商売柄、辞書はよく引くほうかな。まあ、物を知らないのと、言葉を知らないんで、しゃあないんですが。

辞書に関しては「すぐ引く、その場で引く、辞書を引かなきゃならん本を読む」って習慣をつけましたね。才能は努力しても増えないけれどボキャブラリーは増やせる。

小説を書き始めて最初に重宝したのは岩波の国語辞典（たしか第四版だったはず）。これは持ち歩いて、その場で引く習慣をつけていました。あの当時の岩波国語辞典には「あかさたな」しかインデックスがなかったので、辞書を買ったら五十音のインデックスを自分で小口に書き込みました。これだと「さ」行がやたら分厚くなるんで、「しゃ」「しゅ」「しょ」は別にインデックスをつけました。要するに「めざす単語にできるだけ簡単にアクセスするため」ってことです。

岩波の国語辞典の製本は堅牢で、小口が手垢で真っ黒になっても韋編（本の折丁を縛る糸のことです）はびくともしなかった。司馬遼太郎『国盗り物語』のペーパーバック版は読み返しすぎて何度かバラバラになっちゃったんですが。

金田一の（古い！）『新明解国語辞典』は読むのに面白いんですけど、背と表紙の間の溝が、ボロッボロになるんですよ。

ただ、岩波国語辞典にせよ『新明解国語辞典』にせよ、どれだけ引いても表紙と本文との間（なんていうのかな？「のど」の部分です）は、びくともしませんでしたね。ここが本を開くときにいちばん力がかかる場所で、教会に置いてある聖書はここから真っ先に破れるんですけど。

紙の『広辞苑』は、いちおう持ってました。もちろん、簡単に引けるように五十音のインデックスはつけてました。ただまあ、現物を見てわかる通り、あれを持ち歩くのは現実的ではありませんね。

漢和辞典は角川の『新字源』を使ってました。

これは「持ち歩く」というほどではない——というか、紙の辞典はハンディタイプといっても重く、何冊も持ち歩けないいんですよ。

あの当時の漢和辞典にはインデックスがなく、これも自分でインデックスをつけました。部首別で引くと手間取るので「総画索引」でまず引き、そこからページに当たる、という具合。ページ数は百ページごとにインデックスをつける。そうすると、「総画索引」「本文」の二ステップだけで目当ての項目にたどりつける。

国語辞典は一ステップで目的の項目にアクセスできるのに、漢和辞典はもう一ステップ多い。一日に何十回と辞書を引くと、この一ステップの違いはけっこう大きい。漢和辞典で読みだけわかったら、さっさと国語辞典を引く、なんて邪道な使いかたをしていたんで、結局漢和辞典は『新字源』

だけで済ましてしまいましたね。

使い倒したのは吉川弘文館『国史大辞典』。歴史小説を書き始めて間がないころ神田の三省堂書店で現物を見て、感動して速攻で取り寄せました。全十七巻でジュウナン万円だったんですが、これは一瞬でモトがとれました。

たいへんだったのは値段のほうではなく、物理的な重さのほう。紙の『国史大辞典』で調べるのはけっこうな大仕事です。いきなり本文を当たっても漏れがあるに決まっているので、付箋紙の束を片手に、まず「人名索引」と「事項索引」の巻を当たる。そこから本文の巻数とページ（もちろんけっこうな数の項目に当たる）に片っ端から付箋をはさみ、読むのがそれから、という具合。で、この本文が一冊あたり三キロあった。ちょっとした鉄アレイというか、筋トレというか。

珍しいところでは『羅和辞典』ってものを持ってました。

戦国末期のキリシタン武将と関ヶ原の薬種問屋のおかみさんの道ならぬ恋を描いた『燃ゆる想ひを』（河出書房新社）ってのを書くとき、ラテン語の聖書を取り寄せた。そのままではわからんので、新共同訳聖書をにらみながらラテン語の聖書に目を通して『羅和辞典』で「これだろう」とアタリをつけてなんとかしました。

歴史小説・時代小説を書くとき「この時代にそんな単語はなかった」って言われることがけっこうあった。これは迷ったものの、えいやと気合い一発で小学館『日本国語大辞典』――いわゆる「ニッコク」を買いました。

買ったものの、用語のチェックぐらいしか使わないよなあ、と内心ため息をついてたら、絶妙のタイミングで中日新聞社から日本語関連のエッセイの連載がきて、これもあっという間にモトがとれました。ちなみに新聞連載エッセイでは珍しく一冊ぶん書き溜まり、小学館から『日本語の逆襲』ってタイトルで出せました。

『国史大辞典』と『日本国語大辞典』の経験から、「高い辞書ほどモトをとるのが早い」ってことを学び、資料を買うことにためらわなくはなりました。

まあ、ここまで読んだかたは薄々お気づきでしょうが、ぼくは辞書に芸術性は求めてない。素早く目的の語にたどりつければあとはどうでもいい。

つまり辞書で重要なのは「検索性」で、これはパソコンがもっとも得意とするものなんだ。

だから岩波国語辞典がデータカード化され、ワープロに差してキーボードでちゃちゃっと引けるようになったときには迷わず買って――ってところで紙数が尽きた。

電子まわりの辞書関係もまた、山のように言いたいことがあるんで、これはあらためて別の機会に。

デビューは突然やってくるんでござる

まあ、タイトル通りの話。三十年前の話でも、けっこう鮮明に覚えているものではある——といいつつ、実は年表つくっていろいろ思い出して整理してましたけどね。

ぼくは新人賞は受賞しないままデビューしました。いわゆる「持ち込みデビュー」というやつね。当時は伝手と筆力に信頼があれば（ここ重要。新人賞の予選にかすったことさえない人は、さすがに当時でも持ち込み原稿は相手にされなかった）新人賞を受賞する以外にもデビューする方法はいくつかあった。最終選考に残ったとき、伸びしろがありそうなら編集部から声がかかってデビュー、ということもけっこうある。これは今だと「金賞」「特別賞」「隠し玉」という形で冠をつけてデビューさせるケースかな？

山村正夫小説講座に通って二年ぐらい経った一九九〇年の春、講座の二次会に講談社の宇山さんが来た。このとき、宇山さんは綾辻行人さんら「新本格」（これは今は死語。三十年前、本格推理が「再興」した時期があったんですよ）の作家を次々と発掘していて、すでに伝説の編集者だった。

で、酒席の雑談で、「精密電子機器は静電気に弱い。静電気を発生させるカビが大量発生し、それが原因で情報機器が次々破壊され、日本中が大混乱に陥る、なんて近未来小説を考えているんですが」という企画を話した。

当時、通信機器としてのコンピュータは原始的な時代で、パソコン通信（死語。単独のサーバ内でやりとりするネットワークがあったんですよ）でさえ珍しかった。とはいえ、金融や財務・経理などではパソコンは深く浸透し、パソコンが壊れると日常生活が大混乱に陥るのは間違いなかった。ウィルスだとかマルウエアだとかランサムウエアだとかという概念がなかった時代、パソコンを破壊させるといったら、この種のハードトラブルぐらいしかなかった時代だったんですな。

そんな話をしたら、宇山さんは「ほう」と、楽しそうな顔をして、「んと、それじゃあ、書いて、もってきて」となった。とりあえず『情断！』というタイトルで原稿用紙換算で四三〇枚を書き上げて宇山さんに送った。

日本中のコンピューターが止まることでパニックが発生。銀行が倒産したり、自民党政権が倒れたり、石原慎太郎都知事が出現したり、そんな話です。

いまあらすじを思い返してみると、面白いように予言が的中してますな。あの本で書いて実現していないのは、女性首相の登場ぐらい。当時駄法螺で見向きもされなかったが、現実は小説家の駄法螺を平然と乗り越えるんだから、近未来モノは怖いっす。

これは送るとすぐに宇山さんから電話がかかってきた。「んと、面白いから、うちで出すね」と、あっさりした口調でありました。

なにせ三十年前は、いまとは何事もスピードが違う。

ちと信じられないでしょうが、プリントアウトしたワープロ原稿を印刷所で手入力で写植を起こす、なんてことをやってたんですよ。添付ファイル（小説原稿はテキストファイルでファイルサイズが小さく、メールに添付しても、はねられることは滅多にない）どころか、フロッピー（死語）でのデータ入稿さえ受け付けてなかった。秋には社内の稟議が通ったけれど、年明け刊行で進行となった。

同じころ、宇山さんから「んと、鈴木さんの担当、こんど営業から異動してきた若いのに任せるからね」ということで異動してきた唐木厚さんが、ぼくと篠田節子さんの担当になった。唐木さんはこのあと、後年、京極夏彦さんや森博嗣氏らを発掘して、こちらも生きた伝説の編集者になる。まあ、伝説になるような人物は、そもそも気合いと情熱が伝説で、ぼくと顔を合わせるなり、「輝一郎さんはこのままでは消えてしまいます！　なにか考えましょう！」と熱く語って、新刊書店まわりをすることになった——のは、以前話したたか。

この頃、講談社ノベルスはカバーの見返しに著者写真をつけていた。で、護国寺で講談社の写真部の人に撮ってもらいました。助手の人がレフ板もって撮影するのって、けっこう華やかな気分になります。

このときの著者写真のカラーポジをくれたんで、こいつを近所の写真屋さんに持ち込んでシールプリント（死語）を作った。著者手書きPOPに貼るため（このとき、新刊書店まわりの企画を立ていた）。著者本人の手書きのPOPでは「著者が書きました」感が大切なんだけど、ホレ、この当時、自分で自著のPOPを作る作家なんていなかったので、本当に著者が書いたかどうかわかんないからね。

あと、この写真はシールプリントにして書店まわり用の名刺に貼りました。名刺がまだ印刷所で印刷されていた時代。名刺をカラー印刷すると、百枚単位で二万円ぐらいした。いまは五枚単位で自分でパソコンでちゃちゃっと作っているんだから、デジタルの時代ってすごいよ。

いちおう、そんな具合で一九九一年三月五日に店頭に並ぶのが確定した。生まれて初めての新刊の書店まわりは、大阪の紀伊國屋書店梅田店がスタートだった。

あの当時の紀伊國屋書店梅田店のレイアウトは、エスカレーターの右手側のいちばん入り口側が新刊書の棚だった。

朝九時半にシャッターが開き、ガラスのドア越しに新刊書の棚をみると、自分の著書があった！

三十年経ったいまでも覚えているんだから、人間、成長していないというか、なんというか。

お金編

ビジネスとしての小説家なんて話はあまりしなかったでござるな

担当杉江さんから「小説家のお金の組み立て、みたいな話はどうでしょうか」と提案があったんで、今回はその話。

とてもビジネスライクな話になるんで、面白いかどうか、自信がないんですけどね。

小説家が自営業として最も特徴的なところは、「かなり極端なフロー型ビジネス」だということです。

ビジネスモデルは「フロー型」と「ストック型」にわけられます。

フロー型ビジネスとは「単発で収益を上げるビジネスモデル」で、その都度、商品販売や仕事を請負うもの。少ない投資で短期的に収益があがり、爆発的な収益があがるというメリットがある反面、収益が安定しないデメリットがあります。

ストック型ビジネスとは「継続的に収益をあげるビジネスモデル」で、仕組みやインフラを整備することで継続的に収益がはいるもの。ある日突然収入がゼロになる、なんてことはない。

フロー型ビジネスで当座の利益を出しながら、ストック型ビジネスで固定収入を確保してゆくのが経営的にはベストな形ではあります。

本の雑誌社を例にとると『本の雑誌』本誌の書店店頭販売と単行本の出版でフロー型の収益をあ

げつつ、定期購読者を増やすことで継続的収入を確保して経営の安定をはかる、ってことです。

このように『本の雑誌』の安定経営には、定期購読が不可欠なので、ここを読んでいる読者のみなさんは、行きつけの書店で定期購読を申し込むように。


同じフロー型ビジネスでも、小説家がラーメン屋とおおきく異なることがあります。

ラーメン屋さんの場合、美味しいラーメンをつくればリピーターがついて何度でも同じラーメンを食べてくれます。

けれども小説家の場合、面白い小説を書いてリピーターの読者がついて何度も同じ作品を読んでくれても、売り上げはかわらない。利益を生むのは最初に購入されたときだけ、ということね。だから常に「読者が読んだことがない」作品を供給しなければならない。


小説家経営では、著書による売り上げは、読者数×書籍単価×本のアイテム数の三つの要素の掛算できまります。

小説家として生き残るためには、これをどうアレンジしてゆくかが重要です。

「書籍単価」は作品内容と密接な関係がある模様です。おかげさまで歴史小説の場合、四六判単行本は強い。鈴木輝一郎が零細作家でもどうにか生きてゆけるのは、書籍単価が高い四六判の単行本を主戦場としているから、ということはあります。ただし、書籍単価は出版社が決めることで、著者はほとんど何もできないといっていい。

小説家が売り上げを上げるには、供給側のロット数を増やすか、顧客数を増やすか、つまり市場に出ている作品点数を増やすか、読者数を増やすかの二つの方法しかない。

「愛読者数」を増やす方法は、不確定な要素が大きく、経験でなんとかなるものではありません。

「市場に出ている自著の点数」は、いちばん努力と予測がしやすい要素ではあります。

つまり市場に出ている著作の数が多いほど小説家の売り上げがあがるわけで、ある程度著作が溜まるまでは、多作をすることが、小説家としての収入を安定させる、比較的確実な方法ではあります。

ただ、問題はこの「比較的」なところね。


書店の棚に並べられる期間や数は物理的な制約がある。つまり、どれだけたくさん書いても、読者が入手できる状態にならないと「自著の点数が増えた」ことにはならない。

かつては四六判の単行本で摑んだ読者に、文庫という形で息長く読んでもらうというビジネスモデルがあった。けれども現状では文庫の出版点数も激増し、文庫の棚のサイクルも短くなった。かてて加えて、紙の書籍の流通システムの複雑さがあります。自分の本が新刊書店の店頭から消えると、自著の存在そのものが消える。

自分の書く速さと自分の著書が書店から消える速さが同じだと、市場に出ている著作点数はかわらず、収入は現状維持のまま。自分が書くスピードよりも自分の新刊が書店から消えるほうが早ければ、作家は消えてゆく、ということです。

市場で入手できる自著の点数が減ることは、小説家の収入を直撃するわけですな。

これにくわえて、ものすごい勢いで新刊書店数が減少しています。

なぜ小説家にとって、新刊書店はとても重要なのか。

amazonをはじめとしたネット書店には、決定的な弱点があります。それは「存在していることすら知らない書籍情報には触れられない」というところです。

書店数が減ることは、新規読者の獲得機会を直撃するわけですな。

電子書籍は「絶版・品切れの心配をしなくていい」という点、とてもたすかりますね。

文芸書籍では、電子書籍は文庫の別ヴァージョンみたいな位置、でしょうか。「知らない著者の作品は、そもそも目に触れもしない」ので、無名の新人ほど電子書籍は不利、といったことはあります。

ただ、問題なのは「電子書籍が普及しても、書店にはメリットがない」ところ、ですね。「書店で売れた本でなければ、電子書籍はペイしない」というのが現状の構造なのに、です。

どんなビジネスでも「関係者全員にメリットがある」システムを構築しないと長続きしない。そこらへんのところは、一介の小説書きが考えることじゃないんでしょうけどね。

心がけ編

社会の窓はいつも開けっぱなしにしておくのが肝要なんでござる

やたら死語が出てくるこのエッセイでも、タイトルがいきなり死語なのは初めてかな？「社会の窓」なんて言ってもわかんねえよね。ぼくの世代ではズボンのジッパーのことをそう呼んでました。

今回の「社会の窓はいつも開けっ放しにしよう」とは、そんなデンジャラスな話ではなく、外界との接点を維持しましょう、って話。

要するに、「他人と関わる場を作っておかないと、人間が壊れる」んです。

三島由紀夫や川端康成の例を出さずとも、みずから命を断つ小説家は、有名・無名を問わず数多い。鬱病を発症しやすい職業環境ですしね。

居職で、他人とひとことも話さないでもなんとかなってしまう仕事ではある。「インタビューをしなくていいのか」と言われそうですが、そもそも歴史小説を書く場合、登場人物に対面で取材するのは不可能ですしね。結局、いちにちじゅう自宅にいて、出歩かず、誰にも会わず話さない、という生活になる。

ぼくに限らず、小説家になろうという人は、あまり社交的じゃないし、活動的でもない。人見知りが激しいのと、運動は嫌いだからね。環境的に「出歩かなくていい」「人と会わなくていい」となったら、よろこんで籠もっちゃうよね。

運動不足と日照不足と睡眠不足、なにより「他人との会話不足」は、この仕事をやってゆく上では禁物なのは確か。

そんな話を担当の編集者にしたら、

「そんなに自殺する人、多いですかね？」

と首を傾げる。

「私がお仕事をご一緒させていただいている作家さんでは、経験がないんですが」

「ええと、御社は新人賞がありませんよね」

「はい」

「だからですよ」

新人賞を受賞してこの業界に入ると、業界のことが右も左もわからずにパニクることがけっこう多い。まあ、「ソバの打ちかただけ覚えてソバ屋を始めた」状態ですな。

新人賞を受賞すると有頂天になる。身の回りで小説の新人賞を受賞した人なんて、そうそういませんからね。だから天にものぼる気持ちになるんでしょうけど、実際のところ、たかが新人賞なんざ、この業界にいる人間は誰でも持ってるし、たいして値打ちがあるわけじゃないんだけどね。

ともあれ、業界のことを知らずに入る。いちばん面食らうのは「直しの多さ」かな？　新人賞を受賞した程度の実力ではプロとしてはとても通用しない。

そのほかにも、書いた原稿が活字になるまでにはいくつもの高いハードルがある。

デビューして間もないと、そのハードルの高さについてゆけず、力つきるんです。人間と小説家は幼児死亡率が高い。第二次大戦直前の日本で十分の一ぐらい。七五三を乗り切ればあとはなんとかなる。

小説家もそれにけっこうちかいものがあって、「デビューした以外の出版社から声がかかる」ぐらいのキャリアを積めば、体力や免疫力もつくし、メンタルも鍛えられる。

他社でデビューした作家さんに声をかけたばあい、作家さんはすでに危ない時期は過ぎてますわな。

だもんで、鈴木輝一郎小説講座からデビューした受講生には、しつこく「外に出て人と会う趣味」をつくれ、って言ってます。

受講生をみていて痛感することのひとつに「執筆に専従すると、確実に筆力が落ちる」ってことがあります。二十代で小説家を目指して作家修業をし、独力ではどうしようもなくなって四十代や五十代になって鈴木輝一郎小説講座に来る例はけっこうある。こういう人は一度か二度、作品講評で客観的な評価をすると、憤慨して辞めるか、「こういうことをやりましょう」と提案しても無視して改善せず、結果が伴わないので（当たり前だ）講師に不信感をつのらせて辞めるかのどちらか。それを目の当たりにすると「執筆に専念する恐怖」ってのは湧く。世間が狭くなってくるんだよね。

今回、こういうことを書いたのは、社会の窓を閉ざしはじめちゃってるんで、自戒のためです。経営していた会社は数年前に畳んだ。

唯一の趣味だった合気道・八光流合気武道を三十三からはじめたものの、先日、体力的にきつくなって脱落しました。二十五年やって三段という腕前だから、才能もないし、昇級や昇段の見込みもないんで、目標もなくなったし、ってことです。人間、上限が見えてくるのは怖いっすね。

いまは新しい勉強先を模索中。小説講座は受講生はたくさんいるけれど、「外界への窓」にはならない。講座のなかでは講師センセイは王様で、受講生に頭を下げることはないからね。

何年か前からキリスト教の教会で（ルーテル教会という、プロテスタントの教会です）聖書の勉強をはじめてはいます。

あと、薬物依存症リハビリテーションセンター・岐阜ダルクのお手伝いかな？　覚醒剤や摂食障害、ギャンブルなどの依存症のリハビリ施設の会計監査と広報誌の編集。ま、裏方仕事です。「目立ちたがりの自分を抑えて裏方仕事に徹する心構え」を学んでいるところ。

しかし「社会の窓」かぁ。

その昔、竹下登が首相時代、トイレから出てきたとき、ズボンのチャックを開けたまま出てきた。番記者から、「首相、いよいよボケてきましたね」とからかわれたとき、竹下登は少しも慌てず、

「いや、ズボンのチャックを閉め忘れるうちは大丈夫」

と答えて続けた。

「開け忘れるようになったら危ないが」

……俺も気をつけよう……

執筆編

デビュー前に執筆外環境を整えるのは本当に重要でござる

今回は、「執筆外環境を整えるのは重要」って話のデビュー前編。デビュー後にもついてまわるんだけどね。

一九八七年の年末――だから、三十三年前か。二十七歳で髪があって藤原竜也によく似た美青年だったころ、初めて新人賞の最終選考に残り、そして落選した。そのとき、四年八ヶ月勤めたタイトーを辞めるのを決めて社員寮を引き上げる荷造りの最中だった。

携帯電話のない時代の話だ。編集部から落選の報せが郵送でおくられ、選考委員回覧用の、ためし刷りのゲラが同封されていた。

自分の書いた小説原稿が、雑誌掲載の体裁で活字でプリントアウトされたのを見るのは初めての経験で、けっこう感動したのを、いまでも覚えている。

ちなみにこのときの受賞者は宮部みゆきさんという、ぼくと同い年の若い女性で（誰にだって無名の時代はあるんだぜ）、選評に目を通してみるとほぼ満票。絶賛に近いものだったと記憶している。別名義で前年にも最終に残っていた、と書いてあった。

ぼくはといえば、どの選評でも最後にほんのひとことかふたこと触れてあるだけで、ぶっちぎりのけつっぺただということはわかった。それでも「初めてなんだから、どんけつでも上出来じゃん」

と思っちまったんだから、人間、自分に都合のエエようにどうとでも解釈するもんだよね、ほんと。

それはそれとして執筆外環境。「すこしは親父も喜ぶかも」というぐらいで、それ以上、何も考えずに選評の載った『オール讀物』を実家に送っていたんだが、これは予想外のクリーンヒットでござった。

このときのオール讀物推理小説新人賞の選考委員は菊村到、陳舜臣、都筑道夫、夏樹静子と森村誠一さん。

どんなけつっぺただろうが、著名な作家たちが老舗の小説雑誌で、ぼくの名前をあげて作品を論評してくれた効果は、もう、絶大というか、圧倒的であった。

いちおう言っておくと、それまではぼくが小説を読みまくってる状況を、家族は苦々しく思っていたのは間違いない。学生時代、「本ばかり読んでないで勉強しろ」とさんざん言われた。

小学生で司馬遼太郎を読み、中学生で吉行淳之介と筒井康隆を読みあさり、高校生で岩波書店の旧かな旧漢字の夏目漱石全集全巻を読破した。

そう書くと、さぞや国語の成績がよかっただろうと思われるだろうが、よく考えてほしい。中学生の国語に娼婦の部屋の話が出てくるわけはないし、現代国語にも古文漢文にも、試験問題には旧かな旧漢字は使われていない。

はやい話が、この豊富な（異様な、ともいう）読書体験は、学校の成績にはものの見事に反映されなかった、ってことだ。

そんな「本ばかり読んでないで勉強しろ」という説教が、オール讀物の最終に残ったとたん、選評のコピーを知り合いにくばりまくり、「うちの息子は子供の頃から本が好きで」と吹聴しまくったんだから、身内というのは実に現金なものなんである。


ともあれ、オール讀物推理小説新人賞最終候補のご威光があるうちにと、当時零細企業では珍しかった完全週休二日制を交渉し、執筆時間を確保した。

ついでながら「一時的な腰掛け」のつもりだった鈴木コテ製作所は、八時から五時までの徹底定時で残業ゼロという、潔いばかりのホワイト企業であった。なまぬるい自営業生活に脳天までどっぷりとつかり、二〇一四年に廃業するまで抜け出せなかった。社長と作家は、三日やったらやめられない。


そして翌年一九八八年、ふたたびオール讀物推理小説新人賞の最終に残り、また落ちた。

これで独学の限界をさとり、東京の小説学校に通学することを決意した。この小説講座の話は、また別の機会に。

この講座は月に一度、土曜日の夜に四谷で開かれる。そこで月給を日割り計算にし、変則的週休三日制をかちとった。

この遠距離通学時間の確保交渉が成功したのは、もちろん二度目の選評を親父にみせたこともあるが、なんといってもこの直前、結婚三十周年をむかえた両親に、フルムーンパスを贈っといたことが大きかった。ゴマをするのは大切である。

イエス様は故郷ナザレで説教をはじめたとき「あれ、大工のヨセフんとこの息子じゃね？」といわれて相手にされず、「預言者は故郷で敬われず」とぼやいた。

いわんや凡夫衆生の輝一郎の威光は実にあっさりと消える。身内ほど「結果がすべて」って者もない。実に簡単に掌が二転三転する。

四谷の小説講座に新幹線通学をはじめた後の一九八九年には最終に残れず、一九九〇年、三度目に残って落選したとき、親父は真顔で「夢ばかり追いかけていないで、仕事を真面目にやれ」と説教たれやがったのである。

まあ、そんな具合なので断言しよう。

デビューするために最も重要なのは文才ではない。デビューできるまで書き続けられる環境だ。

水木しげるのブレイク以前の極貧生活は、よく知られる通りである。だがあれは「あの水木しげるでも極貧生活があったのだ」とみるのではなく「一発当てるまで極貧を続けられたから水木しげるになれたのだ」と解釈するのが正解であろう。

この仕事、はっきり言って続けた者勝ちであって、続けるためには周囲の理解と協力をかちとることが大切なんである。

プロモーション編

いろいろネットで遊んでやがるな俺、でござる

今回はネットメディア一方通行編。

割と早い時期からネットの双方向性は放棄してましたな。いちばんの理由は「ネットの双方向性は、発信者の品性がモロに出るから」ってのに気づいたせいでして。

双方向性の強いSNSはけっこう地雷があるけど、一方通行なら、かろうじてなんとか、といったところでしょうか。

先に書いておくと、Instagramは、アカウントだけ取得して、すぐに投げ出しました。理由は単純。ほとんど書斎にこもりきりで、インスタ映えするような生活を送っていないから。

ついでに書いておくとLINEもやっていません。小説講座の受講生たちと、月間数百通のメールのやりとりがある。いま以上にやりとりがしやすくなると、こちらの手が足らなくなる、って理由からです。

ホームページは一九九六年から二〇一七年まで開設していました。まだGoogleがなかった時代です。ニフティで双方向性の煩わしさにうんざりしていたんで掲示板はつくらず、いただいたメー

ルを抜粋して転載する形をとりました。

HTMLのタグを手入力してブラウザで動作確認する、ちう具合。

ちなみに開設当時はフロッピー（死語）をプロバイダ（死語じゃないけど普段意識せずに使えるようになった）に持ち込んで更新してました。さすがにこれでは手間がかかりすぎるので、プロバイダを乗り換え、FTTPソフトで（これも死語だよなあ）更新しました。

このプロバイダは月額二千円で百メガ(ギガではない)バイトの割り当てがあった。テキストファイルばかりなんで、これはこれで困ることはなかったんですが、何年か前から更新が滞るようになった。トシのせいかと思ったんですけど、作業内容を洗ってみたら、TwitterとFacebookとYouTubeを並行していた。これじゃ滞るわけだ。

そんな具合でホームページは二〇一七年に閉鎖し、FacebookとTwitterとYouTubeに絞りました。

Facebookはほぼすべての記事を公開に設定しています。Facebookのアカウントをとっていれば、誰でも見られるようにしてある。

内容は本当にどうでもいい（ただし外部に漏れても構わない）雑談ばかりです。

Twitterは現在フォロワーが三千とちょっとです。毎日けっこうな数のフォロワーが増えるんですが、同じぐらいのペースで減ってゆくので、トータルで月間に十増えるかどうかというペースです。

何を投稿するかよりも、いつ投稿するかによって反応が大きく異なります。
また、小説の書き方や新人賞の応募についての小ネタに関心が集中する、という特性があります。だもんで、リアルタイムでの投稿は極力減らしました。アクセス解析で閲覧されるピーク時間をチェックし、あらかじめ作った投稿を定期的に投下する方式にしています。

YouTubeは二〇一一年からはじめました。基本的には週二回更新しています——まあ、基本じゃないことのほうが多いんですが。こちらもイタズラや嫌がらせ対策として、コメント欄はオフにしてあります。ぼくに本当に伝えたいことがあるのなら、ほかにいくらでも手段がありますしね。ほかに流すものもないので、鈴木輝一郎小説講座のダイジェストを流しています。さすがに十年やってると蓄積され、八百本は超えています。鈴木輝一郎小説講座動画ダイジェストだけでデビューした人が何人かいるそうですが、まあ、わかるような。

YouTubeでは薬物依存症リハビリセンター・岐阜ダルクの施設案内の動画をボランティアで撮影・配信しているんですが、アクセス数は鈴木輝一郎小説講座よりも二桁ほど多い。こちらは依存症の仲間や、家族が依存症で悩んでおられるかたに視聴されている模様で、一定の役割は果たしているかな。

YouTubeを観る層は、「小説を読む層」とは異なる模様で、小説の紹介にはまったく役立たない。

鈴木輝一郎小説講座にゲスト出演してくださったかたの自著解説は、ものの見事にアクセス数があがらない。

そのかわり、YouTubeを観る層は「小説を書く層」とは密接な関係がある模様で、ゲスト出演してくださったかたが「小説の書き方」を話すと、息長くアクセスされる。「作家の名前の認知」は工夫次第で伸びる、というのが実感。


YouTubeの視認性の高さは圧倒的で、これはぼくも驚きます。昔っから顔出しＯＫで、インタビューなどでは顔写真をがんがん出してますけどね。YouTubeで動画配信を始めてからは、未知の人に「鈴木輝一郎先生ですか?」と声をかけられるようになりました。

都内で友人と飯を食ってて、友人がトイレに立ったとき、向かい側のテーブルにいた女性がぼくのところに寄ってきて、「鈴木輝一郎先生ですか? ファンなんですけど、プライベートをお邪魔してはいけないとおもいまして」と、一声かけてきて、去っていった。友人が帰ってきたんでその話をしたところ、まったく信じてもらえなかった。いやもう、こちらとしては「プライベートだからこそ声かけてほしい」って思っちゃいますけどね。

いずれにせよ、Twitterや YouTubeというネットメディアと、小説を読む層とは大きく異なる(「小説を書く層」とは強くリンクしてますが)。ネットにアクセスする層に、どうやって自著にアクセスしてもらえるようになるか、が喫緊の課題、かな? 読書メーターが一定の成功をみている様子なので、需要はあるはずなんですけどね。

処世術編

デビューしてからどうやって売り込むのかが肝要なんでござる

担当・杉江さんから「デビューしたあと、どうやって売り込むんですか？　依頼がなくても企画を伝える方法って、どんなものがあるんですか？」というリクエストがあったので、今回はその話。

結論を先に書くと、「依頼を待ってる暇があるなら、さっさと書き上げて編集者に読んでもらう。企画書では相手にされないから、一冊ぶんまとまった形の完成原稿の状態で。いろんな話はそれから」ということです。

「小説家は依頼を受け、締切に追われてひーこら言いながら原稿を書く」というイメージが強いんですが、けっこう誤解されています。

小説家の仕事は「請負」と「物販」の両方の側面があります。

一般にイメージされているのは「注文を受けて原稿を書く」という請負仕事のほう。そして請負仕事で売るのは「人間性」と「信頼」です。「いい作品を書くことが最も重要なのではないか」と反論がきそうですが、「常にベストをつくしていい作品を書く」のは当然すぎて、いちいち説明することじゃない。

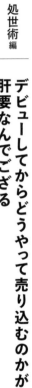

請負業者として小説家を考えた場合、出版社にこちらの仕事を知ってもらうことが重要。仕事の知名度と印象と実売とは、相関関係はまったくない。

小説は売れても何万というオーダーにすぎません。Twitterでバズるとあっさり追い抜くんですな。鈴木輝一郎小説講座のYouTubeのダイジェスト動画は二〇二〇年七月の段階で七十五万アクセスある。YouTubeはスポット的に顔を知られるには効果があり、知らない人から声をかけられることが何度もある。

ただ、これが小説家鈴木輝一郎の実情をあらわしているかというと大きく違う。鈴木輝一郎を小説講座の先生だと思っている人は多い模様なんだけど、実は、鈴木輝一郎の歴史小説は、初版部数で小説の書き方本のほぼ二倍を刷っている。

これはぼくだけじゃない。滅多に書評にあげられないタイプの作品は、無茶苦茶売れていても、著者を知らないことはけっこうある。『野望シリーズ』と聞いて豊田行二を知っている人はどのぐらいいるだろう。かつて『本の雑誌』で「山手線のすべての駅に著書が置いてある唯一の作家」って記事が出たことがあるんですけどね。

つまり何を言いたいかというと、「よほど売れていても、担当編集者以外、売れていることは知らないし関心も持っていない」ってことを自覚することが重要なんですな。

いちばん原始的だけど重要なのは、名刺交換をした相手に自著を送ること、です。

森村誠一さんは以前、「一度名刺交換した人には必ず献本する」という方針で、一時期、初版の献本部数が千冊を超えたそうだ。
三十年前は、そこから仕事につながった。いまはさすがにほぼ不可能にはなりました。いわゆる「仕事見本」という割り切りが必要です。「ちゃんと仕事をしています」というアピールね。

請負仕事としての小説家で重要なことは、「納期を守る」「水準を維持する」「結果を出す」の三つ。ここらへんは大工さんや水道工事屋さんと同じ。この三つが守れるかどうかというのが、請負業者の信用というもので、過去の仕事をもとにして、将来の仕事ぶりを推測され、仕事が来る、ということです。

デビュー直後の新人作家には、その「過去の仕事の蓄積」がないので、信用などというものはありません。「締切を守ります」と言ったところで本当に守るかどうか、わからない。「水準を維持する」といったところで、デビュー直後の新人作家はどの程度の水準で書けるのかわからない。「結果を出す」とデビュー直後の新人作家が言っても、どのぐらい売れるのかわからない。

デビュー直後の新人作家が生き残るのがけっこうたいへんなのは（いきなり馬鹿売れしているレアケースのほうが目立つので、その他大勢に目が行きにくいでしょうが）、いまも昔もかわらない。

――というか、何十年やっていようと、初めて仕事をする相手にはこちらの信用はないと思って間違いない。相手にわかっているのは「鈴木輝一郎という小説家はどの程度の水準の作品を書きあげるか」だけ。もちろん、仕事をする前から出版社にこちらの仕事の腕がわかっているのは、無茶苦茶たすかる。キャリアを積んでいると、そのぶん仕事はラク、ってことはあります。

初めて組む出版社の場合、相手の要求水準がわからない。相手の求める水準通りに書いていたら次の仕事に繋がらない。

連載の場合、打ち合わせでおおまかな企画を押さえたら、毛色のことなるパイロット原稿を何本か書いて渡します。注文の向こう側にある要求水準と、編集者の向こう側にいる読者を睨んで、執筆方針をきめてゆくのは鉄則ですな。

実は『本の雑誌』で注文原稿を書くのはこの連載が初めて。杉江さんから「『作家で三十年生き残る方法』なんてどうっすか！」と提案があったとき、「ハウツー本風」「熱く語るぜ風」「昔はいろいろあってな風」と、同じテーマで三本ほどトーンを変えて書いて渡し、基本的に「熱く語るぜ風」ですすめることになって現状にいたってます。

まあ、当たり前の結論で申し訳ないんですけど、「地道に誠実に仕事を続けてゆくと、結果は後からついてくる」ちうことなんでござるよ。

心がけ編

読者とのおつきあいは人間修行の場なんでござる

本稿を起こすときに思わず「修業」と書き、おもわず「ちょっと待て」と辞書引きました。「学術・技芸を修めること」ではなく「仏道を修めて善行を行うこと」のほうだ。今回はその話。

ぼくは「著者と読者がリアルタイムで直接話す世代」の最古参の部類にはいるかな？　いまは小説投稿サイトからのデビューも増えたんで、著者と読者との距離はずいぶんと近くなりましたけどね。誹謗中傷とは若干ちがうんですけど、「なんで読者からこんな扱いを受けなきゃならないんだろう？」と思うことは、ちょいちょいあります。尊重してくれとは言わないし、小説家という仕事は賤業に属するものだという自覚もあるけれど、せめて、そこそこ人並の扱いをしてほしいなあ、と思ったりしますな。

いちばん多い接点はTwitter、次にFacebook、YouTube、といったところですか。

コメントに返事をしたりするとアクセス数が増えるのはわかっているんですが、手がまわりきらないので、欠礼することがけっこうあります。

リアルなイベントも、最近は増えてきました。

読者や書店員さんとの交流イベントがあれば、極力都合をつけて参加する方針ではいます。こちらはけっこう楽しい。名古屋書店員懇親会や大阪書店員懇親会は、けっこうな人数が集まります。ぼくは人見知りが激しいのと、とっつきにくい外見なせいか、「人が集まってくる」ってことはないのが、けっこうラクかも。

他の職業なら面と向かって言われない言葉でも、「読者から著者へ」平然と（悪意なく）投げかけられるのも、小説家の仕事の特徴ではあります。

いちばん多いのはやはり「収入」のこと。真っ先に「初版部数はどのぐらいですか?」と聞いてくる人は珍しくない。すこし考えてほしい。小説家の収入は印税率×定価×部数なんで、初版部数を訊ねることは、イコール「いくら貰っているんですか?」ということ。

初対面の、よく知らない相手（お互いに、です。読者が作家の側をよく知ってても、作家の側は読者であるあなたのことは、よく知らないんです）に、いきなり「あなたの年収はおいくらマンエン?」と訊ねたりするのは、けっこう失礼なことですよね。

これはもう、対処のやりようがないので、素直に「初対面の人に収入を訊ねるのは失礼ですよ」とたしなめることにしています。

「単行本は高いので、文庫になってから買います」というのも、この業界にいると、読者から必ず一度は言われるセリフです。

これ、つまり面と向かって「あなたの本にはカネを出す価値はない」と言っているのと同じなんですよ。「そんなつもりじゃない」と反論されることもけっこうあるんですけど、他の職業に置き換えてみましょうや。スーパーのお惣菜コーナーで、汗だくになってかき揚げを揚げている職人さんに「値引きシールが貼られたら買うね！」とにこやかに笑いかけたら、お惣菜屋さんがどう思うか――ってか、そもそもそんなことは言わないよね。

これに関しては、「『必ず買います』のひとことでいいよ、大人の事情は大人なんでわかるから」と伝えるようにしています。

「図書館で読みました！」「友達に借りて読みました！」と言われることも多い。これは、「図書館で借りたり、友達に借りても、著者や出版社には一銭もはいらないのだよ。どこで読んだか、いちいち確認なんてしないので、ほかの作家と話すときは『読みました！』というだけでいいからね」と伝えることにしています。

レンタルビデオ（死語になりつつある）や動画の定額契約配信が普及している現状では、相対的に小説というのは「お値段の高い娯楽」になりつつある。四六判一冊一八〇〇円のお金があれば、二ヶ月から三ヶ月、ネット配信の映画を見放題にできる。

ノイジーなマイノリティに振り回されないのは重要です。

考証にやかましい人を「〇〇警察」という用語で呼ぶようになった。時代小説は三田村鳶魚の時代から、無意味に――繰り返します、「無意味に」時代考証の重箱の隅をつついて悦に入る読み方が増えました。どこまでを時代考証的に正確に再現するかは演出と個性に属することなんですけどね。いまは警察考証だとか、いろいろめんどくさくなってきました。

YouTubeでライブ配信をやると、動画に必ず「低評価」をクリックする人がいる。これはどんな動画でも見かける現象だそうな。で、「高評価よりも低評価を気にしがちだけど、低評価をつける人は理由なくつけているだけだから気にしない」のがコツらしい。ただ、そうは言ってもライブで配信しているときは気が散るので、視聴者の評価欄をオフにするようにしました。

互いの距離感がおかしいことはけっこうある。

けっこうな確率で遭遇するのは、Facebookなどで無言で友達申請してくる人。「どこで会った人だっけ?」とプロフィールや過去記事をチェックしても真っ白だったりすると、やはり身構えますよね。こういう人は、うかつに関わると面倒くさい目に遭うことが多いので、ぼくは無視する方針でいます。

「未知の読者からの友達申請問題」はけっこう気になるもので、同業者知人たちはちょいちょい「面識のないかたの友だち申請はお断りしています」とアナウンスしてます。まあ、読者との接点は、本当に修行の場だなあ、なんて思うことは多い。

この原稿は二〇二〇年七月に書いていて、新型コロナの影響で、一時的に読者イベントや書店員懇親会のたぐいが中止されているのが残念。いつ再開されるかなあ。

執筆編

師は多くを語らず背中を見せるんでござる

今回は新幹線で岐阜から東京まで小説講座に通った話。

あの当時、エンタテインメント小説の講座は、東京にしかなかったんですよ。

オール讀物推理小説新人賞へ、二度目に最終に残って落選したとき、独学の限界を痛感しました。その直前、宅建の学校に通いつつ行政書士の受験を独学した経験から、「先生について学ぶほうが効率がいい」って痛感したのと、小説の書き方（というか、文章の書き方ってレベルで）を人に教わった経験がありませんでしたし。

東京・四谷に講談社が経営するカルチャースクール『講談社フェーマススクールズ』ってのがあって、そこに当時みかけなかった「エンタテインメント小説講座」があるのをみつけた。

で、電話で資料を送ってもらうようにしたんだけど、一週間たっても音沙汰がない。翌週催促したら、ようやく送ってきた。まあ、まさか岐阜から四谷まで本気で小説講座に通う奴がいるとは思わなかったんでしょう。

とはいえ、エンタテインメント小説講座は不採算部門だった模様で、受講を申し込む際、「今年度で閉鎖が決まっていますが、よろしいですね?」と念を押されました。

いまから考えると、まあ、不採算なのも当然で、講師が豪華だった。主任講師が山村正夫先生。副主任で南原幹雄先生。これにゲストとして阿刀田高さん、加堂秀三、中山あい子、隆慶一郎、という具合。

講談社フェーマススクールズのエンタテインメント小説講座は予定通り一年で閉講となった。このときの有志が集まって山村正夫先生の私塾の形となり、銀座八丁目の博品館の裏の貸し会議室に移った。いまの山村正夫記念小説講座・山村教室の始まり。

開講当初は十人そこそこの小さな教室だった。ぼくが卒業した後、渋谷に移転しています。現在は受講生が百人を超え、定員の空き待ちの人までいるそうだ。

山村正夫先生は、とにかくやたら新人を育成するのがうまい人だった。フェーマススクールズの前に青山ミステリー研究会で顧問（正確には違うらしいんだが）をやっていて、その当時の部員に菊地秀行さんや津原泰水さん、日暮雅通さんなどがいる。

フェーマススクールズ時代には新津きよみさん、ぼく、篠田節子さんなどがデビューした。山村正夫先生の私塾時代だと、上田秀人さんがいますね。

なにせ亡くなったのが一九九九年。この業界、デビューできても十年続かないのが普通で、山村先生を直接知っている作家が二十年経ってもこれだけ生き残っているのも、すごいことです。

ちなみに山村正夫先生、どんなことを教えていたか？　と、ときどき尋ねられるんですが、「小説の話はほとんどしなかった」ってのが本当のところです。

青山ミステリー研究会時代の話をきくと、どうも、小説の話は、ほとんどしなかったらしい。講談社フェーマススクールズの時代、山村先生は「主任講師のひとり」という、気楽で責任をもたなくていい立場だったせいか、こちらでも小説の話は、ほとんどしなかった。講義の最中は、受講生が提出した原稿に目を通したあと、「いいね」とひとこと言うぐらい。二次会でも小説の話なんぞ出たためしがなく、ほとんどが猥談（下品すぎて、内容の詳細はさすがにココでは書きませんが）。「誰がどこまで下品な話をして山村先生にウケるか」を競いあった。篠田節子さんがことあるごとに「バカ言ってるんじゃねえよキイチロー」と、ぼくの後頭部を平手でパカスカ叩きやがるのには参った。いうまでもなく、いちばんクダラナくて面白い話を持っているのが山村先生自身だった。

山村先生の私塾になったとたん、山村先生は俄然やる気をみせて、真面目に講義をやりだした。そしたらパタッとデビューする人のペースが止まった。

山村教室が始まって十年ほど経ち(その頃には、ぼくは教室にはあまり顔を出さなくなっていた)、山村先生が体調を崩したと聞いた。

心配になって様子をみにいくと、確かにかなり弱っておられた。受講生からの提出原稿にも、ざっと目を通して「いいね」とひとことふたこと言うぐらいだった。

ところが、この時期の山村教室、かなりのハイペースで受講生が次々とデビューした。上田秀人さんがデビューしたのがこの時期ね。

「手とり足取り細かく教えないほうが生徒が育つ」ちうことを山村先生から学んだんで、鈴木輝一郎小説講座で教えるとき、気をつけています。

山村教室の二次会で猥談ばかりしていたときに学んだことの第一。

「小説の話しかできない人間はデビューできない」ってこと。

これは長いこと不思議だったんだが、最近、ようやく理由がわかってきた。読者は面白い話が聞きたいんであって、小説の話を聞きたいんじゃないんだよね。デビュー以来、他の作家の謦咳に接する機会も増えたんだけど、アブラの乗ってる作家や「これから伸びる」作家ほど、小説の話はしないし、雑談が面白いっす。

あと、「プロになってからがたいへんだ」ということだけは、しつこいぐらい教えられました。実際、講座の二次会では編集者に両脇を抱えられて別の机に拉致され、「この原稿が終われば菊地くんがノーパンしゃぶしゃぶに連れてってくれるんだ〜」と半泣きの状態でゲラを直していたのを、何度も目撃しました。

それにしても三十年以上も前のことをくっきり覚えているんですから、不思議なもんだわな。師の影って、おおきいもんです。

同業者の友人はけっこう大切なんだぜでござる

フリーランスで割合に横のつながりがなくても何とかなるもんだけど、それでも三十年やってると、それなりに付き合いは出てくる。今回はそんな話。

ほかの仕事とけっこう違うのは、この仕事は同業者の知人との間の距離感にけっこうヴァリエーションがあること。

タイトーでカラオケの営業マンやってた時や左官コテの営業で得意先をまわっていたとき、「互いに顔も名前も仕事も知っているし、挨拶もするけれど、『知り合い』ぐらいのつきあい」とか、「接点がなさそうに見えるけど、けっこうな頻度でお会いしているつきあい」とかいった種類のおつきあいはありませんからな。

「互いに顔も名前も仕事も知っているし、挨拶もするけれど、『知り合い』ぐらいのつきあい」ってのはわかりにくいかな？　業界のパーティなどに行くと、雲の上の人から板子一枚下は地獄の人まで、いろんな同業者がいる。顔も名前も知っているし（まったく知り合いじゃなくても仕事と名前と顔が知られるのがこの業界の特徴だ）、目が合えば会釈ぐらいするぐらいの付き合いのまま、ロクに名刺交換したりちゃんと挨拶したことがないまま何年も経っている、ってなことはけっこうある。

知り合いには違いないけれど、お付き合いがあるというほどじゃない。こういうのはなんというんだろう。名前をあげると差し障りがありそうなので、控えますけどね。

同じころにデビューした同業者は、さすがに生き残っている人はすくない。菊地秀行さんとか新津きよみさんとか上田秀人さんとか。篠田節子さんは腐れ縁というやつね。

飲食業は開店十年後も営業できているのは一割ぐらいなんだそうだ。小説家はデビュー後の二作目の壁が越えられないのがだいたい一割ぐらい（体感ね。統計はとってない）なんで、飲食店よりちょっと厳しい世界、かな。

どんな友人が多いか。

岐阜に住んでいるせいもあり、なんとなく疎遠になる友人もいれば、毎日話している友人もいる。早い時期にネットに対応したせいもあって、地理的な制約よりも、ネットに近いタイプの人かどうかの制約が大きい感じ。

なぜ同業者の友人が大切か。

その一　自分のポジションを知る。ここらへんは話し出すと長くなるので、またいずれ。

その二　市場の現状を知る。三十年前の出版バブルの時代、取材費も出版社持ちというのは珍しくなかった。森村誠一さんがその当時、自腹で取材していたことを、けっこう驚嘆の目で見られていましたな。

現在は取材費は当然として、プロモーションも著者の仕事なのが普通です。Twitterや書店員懇親会、読者との交流会に著者が顔を出し、新刊のフライヤーを配ってまわる。二十年前は著者の新刊書店まわりさえ珍しかったことを考えると、けっこうびっくりするよねえ。

その三　時代の変化を知る。

まあ、ぶっちゃけた話、ぼくらの世代は息を吐くようにセクハラやパワハラをしているんだよね。老いた知人が自覚なく固陋《ころう》の風をみせて何かにつけ否定的になるのをみると、自戒の念はわきますわな。若い友人に教えを請うことは大切。

あと、同業者の友人とどうやってつきあうかも大切ね。

とりあえず誰にでも頭をさげておくことが重要。誰がどう化けるかわからない。明日、追い抜かれるということも日常的にあります。売れてしまってから掌を返してヘコヘコ頭を下げるのは見苦しい。

ただ注意、SNS上で「ぼくも作家です」と親しげに声をかけてくるケースは、レスポンスする前にまず相手の筆名を検索する習慣はつけた。

以前、他所のネット配信小説講座を見学していたら、チャットで「私も五十代で小説家を目指しています。デビューするのは大変みたいですが、がんばりましょう。ぼくでよければ、どんなご質問にもお答えしますよ」と励まされたことがあった。――このとき、筆名などは使わず、「鈴木輝一郎」って名前を明示してアクセスしていて、けっこう傷ついたぜ。

「自著がならぶ書店の棚が違うと、交流はほとんどないし、情報もはいってこない」ってな現実はある。かろうじて交流があるのはミステリーと時代小説、あと、ＳＦの間ぐらい、か。ライトノベルや小説投稿サイトの世界は、鈴木輝一郎小説講座の受講生がデビューしているから、どうにかわかるぐらい。児童小説や純文学の世界のかたとは、本当に指折り数えられるぐらいしかお付き合いがない。ライトノベルの作家はネットとの親和性が高いせいか、面識がないままネット経由で声をかけていただけるケースがけっこうある。

待っていても友人は空から降ってこない。

ぼくは態度が尊大でとっつきにくそうに見えるらしい。まあ、じっさい、かなり人見知りで短気なことは否定はしない。若い人に慕われるという人物像ではないし、親しまれるというタイプでもなければ、人が集まってくるタイプでもない。そうなると、こちらから話しかけるしか方法がない、ってことです。

ともあれ友人の選びかたは重要っす。

意外ですが、同業者の友人を選ぶとき利害を考えると失敗しますな。誰かを蹴落とす暇があるなら、苦しんでいる知人に手を差し伸べたほうが早い。頼まれごとがあって、助けられることが可能なら、さっさと手伝う。ギブアンドテイクといいますが、ギブが先。

そういう話をすると「キレイゴトを」と嗤う人がいるんですけどね。

キレイゴトって大切です、キレイゴトは。

心がけ編

生徒から学ぼう小説講座の先生でござる

二〇一一年に鈴木輝一郎小説講座をはじめてから、いちばん大きなメリットは「受講生に向けて投げたブーメランが自分に突き刺さり、いろいろ改善したこと」かなあ。『書経』は「教えるは学ぶのなかばなり」と説いているんだけど、なかばどころか、受講生以上に先生が勉強しないと、どうしようもないことがけっこうある。

登場人物の履歴書をつくることがその最たるものかな？　小説講座をはじめる前には、そんなものをつくったことがなかった。

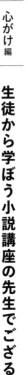

元をただせば、「熱心な割になかなか予選を通らない受講生（複数）に、ダメ元でやらせてみたら、ぱかすか予選を通るようになった。この履歴書はネットに出ているキャラ設定シートの類じゃなくて、パートの面接などで使う、JIS規格のものね。

また、予選をさっぱり通らない受講生たちに、自分の作品の登場人物の履歴書を記入させてみると、ほとんどが真っ白だった。「キャラを立てる」とかなんとかいう以前に、登場人物について、何も造らずに書いていたわけですな。

物語は登場人物どうしの葛藤から生まれるんですが、人物そのものを造っていなければ、葛藤が生まれるわけがない——と、受講生に投げたブーメランが、ものの見事に自分に戻ってきて突き刺さったんでござるよ。いまは反省して、登場人物履歴書をつくる習慣をつけました。

これは自転車の運転に似ていて、面倒くさいようでも、慣れてしまうと簡単にできる。というよりは、それまで無意識のうちにやっていたことを、可視化した、ってことに近いかな？


我ながら意表を突くんだけど、「小説を書く人は日本語が微妙」という問題を自覚したのも、小説講座をやって初めて気づいたところ。

受講生から送られてくる小説原稿、「何が書かれているのか、よくわからない」ちう事態が、かなりの割合で――いや、ほとんどの割合で発生した。

いろんな要素に切り分けて考えてゆくんだけど、「そもそも日本語がおかしいのではないか？」ってことに気づいた。修飾語がやたらついているけれど修飾する目的語が対応していない、とか、主語と述語がつながっていない、とかとか。

ためしに中学国語の文法の問題集を解かせてみると、ことごとく玉砕した。

小説家を目指そうという人が国語力がアレ、ってのはずいぶん不思議な感じはしますが、要するに、「日本語での意思疎通が難しくて対人関係が苦手。だから小説家を目指そう」ちう動機がすくなくない。日本語で自在に意思疎通ができるのなら、そもそも小説家になろうとは思わないわな。

――ええ、もちろん、やりましたよ、ぼくも。はい、ぼくも玉砕して頭をかかえて切腹したくなったでござる。国文法をおさらいしておくと、文章は飛躍的に読みやすくなることは確かです。

生徒に教えてもらい、導入したもののなかでは、エクセルを執筆に使うことが最も重要かな？なにせ数字とは縁遠い仕事なので、表計算ソフトなんて触ったことがなかった。

そんななか、工学系の開発をやっている受講生から「エクセルは表計算だけじゃありませんよ」と、文章を書いたり年表をちゃちゃっと作る方法を教えてもらいました。

歴史小説を書いている関係上、作品内年表をつくるのに無茶苦茶重宝しています。ちゃちゃっと通し番号をふり、目を通した資料の史実関係を片っ端から埋めてゆくの。

エクセルを小説執筆に導入した一番のメリットは、「作品内の矛盾点が解消できるので、校閲のチェックがほとんど入らなくなった」ってことかなあ。もともとゲラをいじらない方針ではあるんだけど、ケアレスミスがけっこう多かった。エクセルで作品内年表をつくるようになってから、真っ白に近い状態で著者校ゲラがくるようになりましたね。

ちなみに作品講評でもエクセルは活躍してます。受講生の講義録をエクセルでつくり、過去作品を時系列に並べて推移をチェックし、実力を把握して講義をしています。ここらへんの作業が一瞬でできるのが強いですね。

余談ながら「そういえばエクセルは表計算ソフトじゃないか！」と気づき、帳簿をエクセルに記入するようにしてから、確定申告が飛躍的にラクになりました。いやまあ、そこを真っ先に気づかないほうがどうかしてますけどね。

「受講生から学んだ」というよりは「必要に迫られて修得し、結果的にいろいろ役立った」ものもけっこうあります。Microsoft関係のものが多いかなあ。

Wordは講座をはじめてから導入しました。それまではエディタだけで済ませていたんですが、受講生との原稿のやりとりで不可欠だったので。くっそ高いし、原稿用紙換算五百枚の原稿を書くことは設計の想定外だった模様で無茶苦茶使いにくい。「みんなが使っているから」以外に取り柄がないソフトですけどね。文字数は表示されるけれど原稿用紙換算でどのぐらいになるのかわからない。だもんで、原稿用紙換算マクロを組んだりしてます。

パワーポイントはホワイトボードがわりに使っています。講座動画ではバストアップの配信が多く、文字情報を伝えるのに便利だから。これはプロジェクターに映し出すのではなく、プリントアウトしてフリップとして使ってます。


繰り返しになってしまいますが、小説講座をやることで、あらためて自分の仕事を見つめ直したり、勉強しなおしたりしたことが実に多い。そうやって学びなおしたことで一息ついた、って側面も大きい。もし講座をやっていなかったら、漫然と書いていたか、スランプにぶち当たったとき脱出できないまま消えていったか、そんなところですねえ。

プロモーション編

書店イベントはリアル書店にしかないすごい技なんでござるよ

今回は書店でやるイベントの話。この原稿は二〇二〇年七月上旬に書いていて、新型コロナの関係で、まだまだイベントが再開できるか不透明な状態ですけどね。記録として重要だろう、ってことです。

書店イベントの定番といえば著者サイン会なんだろうけど、これはぼくは、ながらくパスしていた。理由は単純で、鈴木輝一郎のサインを欲しい人がいるとは思えなかったから。

客がだれもこない著者サイン会は拷問だそうだ。サイン会枠を一時間とったのに十分もたないことがザラにある。

〇〇〇子という超有名なスポーツ選手の自己啓発本のサイン会にかちあったことがあるんだよね。レジでネクタイを締めた中年男性が「領収書に△△出版と書いてください」というのでふとみると、その自己啓発本の出版元だった。サクラですな。

書店イベントでどんなことをやるか。

二〇一四年五月、秋葉原の書泉ブックタワーさんと立ち話の雑談で「イベントスペースでの企画を探している」という話になった。

二〇一四年の時点で、鈴木輝一郎小説講座はそこそこ実績をあげていたんで「公開講座をやろう」ということにしました。

その時期に新刊が出る、ということで、川奈まり子さんにゲストにきてもらった。要するに、ぼく一人ではとてもお客さんを集める自信がなかったから。

「客が来ないのなら出演者の数を増やしてなんとかしよう」という逆転の発想ですな。

こんな具合にゲストに来てもらって合同で講義&サイン会をするスタイルは結果的に成功。

とはいえ、「書店イベントは実売に効果がある」と知られてしまい、秋葉原のイベントスペースは巨乳グラビアアイドルの握手会に次々とスケジュールを奪われてしまってますな。明智光秀の敵は本能寺ではなくGカップにあり、ってヤツです。

Facebook流れで八重洲ブックセンターさんと縁ができたんで、首都圏はもっぱらそちらでやらせてもらっています。そろそろ四回か五回か、そのぐらい。

関西でどうやって展開するか、格闘していたところ、大阪書店員懇親会での縁でジュンク堂書店三宮駅前店でやらせてもらえました。オープンスペースということと、店舗とイベントスペースの間に距離があるので、書籍の売り上げへの動線をどうやるか、がこれからの課題。

イベントにかかわる費用は鈴木が負担しています。会場費だとか協賛金とか、ゲストの出演交渉とか。

イベントの性格上、同業者知人の作品の販促を同時にやることになる。出版社をまたぐ販促活動は、「どの社がどれだけ費用を負担するか」という難しい問題が出てくるんですな。

「書店で新刊を告知し、未知の読者を開拓する」という手段として、作家の書店合同イベントはけっこう機能しているんで、同業者知人は快諾してくれることが多いっす。イベントの性格上、ノーギャラ——というか、交通費も出演者の自腹です。申し訳ないんですが。

重要なのは、関係する全員にメリットがあるように企画すること。長続きしないからね。

書店さんには、「お客さんがあつまり、店で本を買ってもらえること」と、そして「書店に足を運んでもらえること」というメリット。

お客さんには「いろんな作家&本と出会える」というメリット。

書店イベントは重要です。amazonには絶対にできないことだからね。

amazonの書店としての決定的な弱点は「存在すら知らない作家の作品は、表示されることさえない」というところ。

都会にいる人には、あまりにもあたりまえすぎて書店の良さがわからないのではないんじゃないかなあ。リアル書店は「知らない本や著者、関心のなかった本や著者に、出会える場所」——えい、言ってしまおう、小説家鈴木輝一郎の存在を知らない人に拙著を知ってもらうには、新刊書店以上のものはないのだ。

いずれにせよ新型コロナの影響で、一時的にイベント類は休止。ようやく再開したばかりで、おっかなびっくりというところ。ただし、新型コロナは、今後のイベント開催にはたいした影響を与えない、と踏んでいます。

新型コロナで密集を避ける気配があるけど、あくまでも一時的なもの。東京は明暦の大火から以降、集中と膨脹を続け、震災や空襲などで幾度も都市としての危機を迎えたけれど、一極集中が止まったことはない。新型コロナで生活が変化することはないでしょう。治療薬が発見されるか、飽きるか慣れるか諦めるかのどれか、たぶんその全部。

むしろ新型コロナでリモート型のイベントを許容する空気が醸成されたので、書店イベントは、書籍の売り上げとリモートイベントを結びつけられるかどうかがひとつのハードルになってますな。

もうひとつは——リモートイベントは地理的・物理的な制約がないので、大御所作家や超有名作家に本腰をいれてぶつかられたら、ひとたまりもない。

——まあ、歴史小説はそもそも昔っから大御所作家や文豪と書店では同じ棚に並べられるので、工夫次第でどうとでもなるものだし、どうとでもしてきたことは確かですけどね。

お金編

ベストセラー作家と売れっ子作家と有名作家は似て非なるものでござる

編集部から「ベストセラー作家になったときの心構え、ってテーマはどうですか?」とリクエストがあったので、今回はそこらへんにからめて。

どのぐらいをベストセラーと呼ぶか、判断が分かれるとおもいますが、大雑把に計算すると、ハードカバーで十万部を超えるあたりがアレらしい。

もともと小説家は典型的な労働集約的産業で利益率がきわめて高い。材料費や仕入れ原価はほぼゼロで人件費も不要、水道光熱費などを住居と按分しても、かかる経費はたいしたことがない。売れても売れなくても経費はほとんど変わらない。ベストセラーが出ると年間の売上がヒトケタ——いや、ふたケタ跳ね上がることも珍しくないけれど、税金がとんでもないことになる。

ぼくは正直に申告してもしっかり還付金を受け取る立場なんで確定申告は自分でやってますが、ある線を境にして確定申告で追加で税金を払わなきゃならなくなって、しかもその金額がけっこうな額になり、愕然となるらしい。

「どんなに売れても、使うのは確定申告が終わってから」ってのは鉄則中の鉄則です。

ちなみに発行部数が百万部を超えると、どうも人生が変わるらしい。

さる同業者が何かのパーティーのとき、「そんな話を聞いたんですが、本当でしょうか?」ってスピーチをしたところ、次にマイクの前に立った巨匠同業者が「本当です、私は六回かわりました」と答えてました。どんなふうに人生が変わるんだろう。

よく言われるのは「知らない親戚が増える」ってやつ。知人が筆名で某賞を受賞したとき、失踪して何十年も消息不明だった父親から編集部に「あれは俺の娘ではないか」と電話がかかってきたそうな。


意外と難しいのは、どこからを「売れっ子作家」と呼ぶかというところ。いまはシビアな時代なので「売れない作家」はそもそも存在しない。

ぼくも四六判歴史小説の書き手としては初版部数はかなり多いほう。十五年ぐらい前から初版部数は削られていない。十五年前は「中堅どころとしては普通ぐらい」だったんだけど、いまは部数をいうと「そんなに刷ってるんですか！」と驚かれる。自分では「相対的売れっ子」って呼んでます。

売れっ子作家の定義が意外と難しいのは、出版社の屋台骨になるような作家でも、書店で並ぶ棚が違うと、どのぐらい売れてるのかがわからないこと。

遠い昔、神坂一氏が『スレイヤーズ』で当てて長者番付に載ったとき、ミステリ界隈では「誰だ？」と騒然となりましたな。睦月影郎さんや館淳一さん、わかつきひかるさんや、はやみねかおるさんの名前を『本の雑誌』の書評欄で見かけることはありませんわな。

重要なのは「自分が名前を知らない売れっ子作家は、世の中にいくらでもいる」ということと「現代では売れない作家は存在しない」ということ。名前を聞いたことのない作家と接する機会があったとき非礼な態度をとると、恥をかくのは無知な自分、ってなりかねんです。

有名作家の定義としては「見ず知らずの人がこちらを知っている」「こちらの身元がその場で確認できる」ってところかな。

一般文芸の小説家が他の著述業と大きくことなるのは、作品ではなく名前で選ばれるところ。「有名」という単語が示す通り、著者名が先行するもんです。

ひとつの目安として「その人の名前で検索してみる」ってのがポイント。Wikipediaに項目が載ってたり、amazonや読書メーターで著者名検索をかけて著作数をチェックするとわかります。ネットで居丈高に意見してくる人の著作をちゃちゃっとチェックすると、商業出版を一冊出しただけ、とか、小説投稿サイトで投稿しているだけ、なんてことが結構ある。

せっかくなので自慢しておくと、ぼくの場合、検索窓で「すずきき い」と入力するだけで「鈴木輝一郎」と予測変換してくれます。スマホやネットがこれほど普及する前は、そこそこ有名な小説家だということを証明するのは、けっこうたいへんでした。ホレ、岐阜の書店にはぼくの本はほとんど置いてないからね。

ちなみに有名作家鈴木輝一郎先生は、IMEによっては有名じゃないことがけっこうある。Google日本語入力だと予測変換してくれますが、Windows 10にはじめっからついてくるマイクロソフトIMEやATOKでは予測変換してくれない。どけったくそ悪いので、パソコンを買ったら真っ先にIMEをGoogle日本語入力に入れ替えることにしています。

ちなみついでにこっそりお教えすると、Google日本語入力で同業者の名前を片っ端から入力し、「あ、こいつはあんなに売れているのに予測変換してない。勝ったぜ」なんていう暗い遊びをちょいちょいやってます。――暗いよ。

もうひとつちなみに、先日アレクサに「鈴木輝一郎」って音声検索をかけたら「メジャーリーグの野球選手です」と答えた。それは「鈴木一朗」。

ぼくの場合、鈴木輝一郎小説講座のPVをYouTubeで配信してて、けっこうなアクセス数があるんで知名度の割に顔を知られている（かなりの巨匠でも顔を知られていないケースはけっこうある）。

先日、有名同業者知人とメシ食ってたら、隣の席の女性がちらちらとこちらを見る。まあ、有名同業者のほうのファンだろうと思ってたんだけど、知人がトイレに立ったとき、その隣席の女性が寄ってきて「鈴木輝一郎先生ですよね？　プライベートのときにお邪魔してはいけないと思いまして……」と。彼女はサインして握手するとすぐに席を離れたんだけど、有名同業者知人が戻ってきたときにその話をしても「んなアホな」と信じてくれない。

この本を読んでいるそこのあなた、町で鈴木輝一郎をみかけたら、ためらわずに「ファンです」って声かけてくださいね〜。

心がけ編

図書館ならばどこへでも 俺の講演で誰も寝かせないでござる

今回は図書館講演と図書館の話。

先に書いておくと、ぼくは図書館での講演イベントについては、「ギャラは後回し・交通費と宿泊費を出して貰えば、全国どこへでもでかけます」という方針です。図書館のイベントはどこも予算がないのはじゅうぶん承知してますんでね。

何のために図書館講演にそこまで力をいれるかというと、小説家鈴木輝一郎の読者の開拓、って目的があるから。

身も蓋もない言い方をしてしまうと、「図書館で鈴木輝一郎の人と著書を知ってもらい、新刊書店で買ってもらおう」ってことです。

図書館の無料貸本屋化が言われるようになって何十年か経ちますな。何かと敵視する同業者も多いんですけど、ぼくに関しては、図書館はありがたい存在です。

書籍流通の関係で、全国一万軒の新刊書店のうち、鈴木輝一郎の本を置いてくださる書店はごく一部。常置してくださる書店はさらに僅少です。売り場のスペースには限りがあるので、一定の期間、店頭に置かれたのち、返本されるのは仕方ないことではあります。

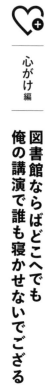

その一方、全国三三六〇軒のほぼすべての図書館に、鈴木輝一郎の本は置いてあります。しかも廃棄も返品もされない。常時貸し出し可能な状態で置いてくれています。

おかげさまでぼくの本は図書館受けがよい模様で、何十年か前から、図書館には自動的に一定数の新刊を買い上げてもらっています。

二十年ぐらい前に図書館のリクエストネットワークが完成されました。個々の図書館に在庫していない拙著のバックナンバーも、リクエストをすれば、早ければ翌日、遅くても一週間ぐらいで近隣の図書館から取り寄せられるようになりました。

そうそう、図書館での講演の話でしたな。

「なんの講演をするか?」というと「どんなことでも」。歴史講演や一日小説講座なんてものが多いかな? 「歴史小説の読み方講座」なんてのをやったこともあります。

いちばんの売りは「客を寝かせない講演」ってもの。笑い事じゃない。講演はおおむね九十分の枠があるんだけど、この間に平均年齢七十超の観客を居眠りさせないのは至難の技なんですよ。

基本的な講演方法は「高橋メソッド」と呼ばれるもの。パワーポイントのスライド一枚に八文字程度の文字だけを表示して字幕のように大量に切り替えてゆくスタイルのもの。九十分の講演で六百枚ほどのスライドを使います。

人間、耳からの情報だと寝ますが目からの情報が大量にあると寝ない。初めて講演仕事を引き受けたときはスライドづくりだけで大変でしたが、講演仕事が増えるにつれ、オープニングやエンディングなど、使いまわしができるパートは、いくつか組み合わせられるようになって、ずいぶん楽にはなりました。

図書館講演の場合、最も重要なポイントは「ハゲていること」です。関係なさそうですが、大切です。髪がなくなってから、図書館の講演は本当にラクになりました。観客の平均年齢が七十歳超の男性、って事情は大きいですね。

三十代の頃に図書館で講演をすると、休憩や質問の時間に詰め寄ってくる高齢男性の観客がいたもんでしたが、五十を過ぎてズル剝けハゲになってからは、その手の抗議はまったくなくなりました。光頭は年齢がわかりにくい、ってことが大きいですね。自己紹介のときに「みなさんの息子ぐらいの世代です」と明言してるんですけどね。

ちなみに同業者女性知人が同じように図書館講演で観客の高齢男性の抗議に悩まされている、と聞いたとき、彼女がドクターを持ってるのを思い出し「自己紹介のときのプロフィールに大学名と博士号もってるのをはっきりしめしたら？」と伝えたところ、高齢男性の詰め寄りが収まったそうな。高齢男性は年齢と権威にきわめて弱い。――いやもう、みずからを戒めなきゃならんことですが。

図書館のありかたについて、いろんな議論があるのは確かですが、今後、図書館の重要度は増してくるだろう、と踏んでいます。図書館施設の数は増えていますしね。

なんといっても「読書」というのは相対的に「高価な娯楽」に戻りつつある。かつて書籍は高価なもので、一般庶民でも手軽に読書ができるように岩波文庫が創刊された。この何十年か、書籍の価格はお手軽な娯楽になっていたんですけどね。テレビゲームにも対抗できた。
ところがビデオのレンタルショップが普及し、微妙な状態になりつつあるところに、映画・動画のネット配信・月額固定サービスがはじまりました。いまは文庫本一冊でHuluやNetflixなどの動画ネット配信一ヶ月ぶんが観られる。ほかが安くなってますから、相対的に高くなってきたんですね。

いまのところ、図書館と著者の接点が意外と少ないことが悩ましいところです。
図書館に新刊の挨拶に行こうとしても受け入れ体制が存在しない。岐阜県図書館の人に非公式で「挨拶に行くとしたら、どこに行けばいいの？」とたずねたら、「うーん」と腕組んで考えこまれちゃいました。句集や歌集の自費出版だと貸し出し窓口で寄贈本の処理をするらしいんですが、ぼくはホレ、自費出版ではないし、図書館だと「鈴木輝一郎コーナー」ってある立場なので、「前例がないからわからないですねえ」だそうだ。

いずれにせよ、このエッセイを読んでいる全国の図書館のかた、講演のお問い合わせは、お気軽に声をかけてやってくださいな。「本の雑誌社」宛でもいいですし、ぼくに直接ご連絡いただいてもいい。封書なら郵便番号　五〇三－〇九〇一　小説家　鈴木輝一郎様で届きます。

執筆編

電子辞書を叩いてみれば文明開化の音がするでござる

今回は辞書の話・電子データ編。

いまちょこっと「電子辞書の歴史」を調べたら、リアルタイムで全部経験していることに愕然としたでござる。明治維新のときチョンマゲ結ってた兄ちゃんが、おっさんになったときに日露戦争でロシアに勝った、ってこんな気分なのかなあ、と。いや、何いってるかよくわかんないでしょうが、同世代の人にはわかるとおもう。ホレ、このトシになると、三十年なんざ、あっという間だからね。

辞書はもともとカード型のデータベースなんで、電子関係との相性は抜群にいい――はずなんだけど、実際に導入するまでにはけっこう時間がかかりましたねえ。

電子辞書で最初に導入したのは、データカード型の『岩波国語辞典』。フラッシュメモリみたいな奴で、これをワープロ専用機（死語です）のカードスロットに突っ込むと、原稿を書きながらキーボードを叩くだけで辞書が引ける。「紙の国語辞典をいかに手軽に素早く引くか」ってことに工夫を重ねてきた身としては、「文字を入力するだけで引ける」って、なかなか感動したもんでござんした。

それからほどなくして、『広辞苑』を搭載した電卓型の電子辞書が発売されました。もちろん速攻で買いましたけど、使い勝手としてはカードスロットに突っ込んだタイプのほうを重宝してました。「小型」といっても意外に大きいのと、やはりパソコンのキーボードを叩いている脇で電子辞書を開くのがめんどくさいということ、あと、その当時の電子辞書は見出しの前方一致検索と逆引き検索しかできず、手間の割に出てくる単語が少なかった、ってことがあります。

「電子ブック」って、死語になりましたねえ。いわゆる電子書籍とは別物。八センチのCD-ROMがフロッピーみたいなケースに入っていて、「電子ブックプレーヤー」ってマシンで読み込むものです。

いちいち電子ブックプレイヤーに突っ込む手間があるんなら紙の辞典を引いたほうが早いんで、電子ブックプレイヤーは結局買わずじまい。

ただし、こいつのソフトは重宝しました。このケース、フロッピーと違って中身がひっぱりだせる。で、データをパソコンに移して仮想ドライブにマウントして——要するに「パソコンで原稿を書きながら、キーボードから手を離さずに辞書が引けるようになった」ってことです。

これは広辞苑と新潮日本人名辞典、新潮国語辞典（当時は古語辞典がついていた）、研究社のリーダーズ英和辞典が出ていたんで購入し、パソコンに突っ込んで引きまくってました。

ちなみにインターネットの世界では日本史の情報が非力な時代が長かった。信頼性が低く、情報量もすくない、暗黒時代が長く続いていましたね。――いやまあ、「長く続いた」といっても、十年ぐらい前に飛躍的に整備されたのでアレなんですが。

ネット辞典を本格的に導入したのは二〇一〇年から。小学館グループの総合辞書検索サービス「ジャパンナレッジ」が吉川弘文館『国史大辞典』をコンテンツに加えた、と知って、即座に契約し、使って使って使い倒して現在に至っています。

重くて検索するだけで大仕事だった『日本国語大辞典』と『国史大辞典』が、キーボードを叩くだけで一気に検索できる。見出し検索だけでなく全文検索でサルベージできる。いまでは『古事類苑』もコンテンツに加えられ、平凡社『東洋文庫』などの叢書も全文検索できる。感動しまっせ、これは。

なんでそこまで「活字に起こされた辞書・辞典」にこだわるかというと、要するに情報の信頼性の問題です。

検索性が高いと信頼性が低い。ネット情報はいろいろ見つかるかわりに信頼性の裏をとる必要がある。出版社経由のものは、書いたものが形になるまで何重ものチェックがはいる。岩波書店なり、小学館日本国語辞典辞典編集部なりから出ていると、情報の裏とりをスキップできるってことです。

もっとも、「信頼性が高い」のは「ビミョーな情報はカットする」ことでもある。

ネット情報は、かなりざっくりとしたものでも検索にひっかかる。だもんで、ネットでざっと調べてからジャパンナレッジで掘り下げる、なんてこともやってます。

ちなみにスマホを持っていたころ（いまはガラケーに戻しました）、スマホに格納するタイプの辞書も使ってみましたが、これらは結局投げ出しました。要するに、スマホは文字入力がしにくいんです。

ちなみついでに書くと、電子辞書はいまでも使っています。出先で手書きで原稿を書くときのためで、十年ほど前に買った、シャープのブレーンという機種で、片手で操作できるうえ、スイッチを押す一動作だけで検索できる。広辞苑と逆引き広辞苑しか入っていない、シンプルなものですが、機能としてはそれで十分。「その場で引ける、すぐ引ける」ことが重要。

あと、紙の日本国語大辞典と国史大辞典は、ほとんど引くことがないにもかかわらず、捨てるに捨てられない。ある日ジャパンナレッジが検索サービスを終了したら、たちまち食い詰める。それが怖い。このエッセイで「ジャパンナレッジ　ジャパンナレッジ」と選挙カーのように連呼しているのは、利用者減でサービスが終了となったら、ぼくがものすげえ困るから。

「ネットまわりは久しからず、諸行無常というばかり」ってのは実感なんでござるよ。

お金編

髪と貯金は、なくなるときは一瞬なんでござる

杉江さんから「筆一本になるかどうかの判断基準みたいなものを教えていただけたら」とリクエストがあったので、今回はその話。

ときどき「小説の売り上げが月給の三倍になったら会社のやめどき」なんてききますな。結論を先に書いておくと「収入よりも貯金の額が判断基準」って断言しておきます。連載やエッセイの収入は「なくなることを前提とした収入」で、しかも恐ろしいことにちょいちょい足並みを揃えて連載が終了する。一時的に収入がぱたっと途絶えるのは、よくあるんだな、これが。

誤解されがちですが、自営業としての小説家は、きわめてリスクがすくない仕事です。仕入れが不要だし、在庫をかかえなくていい。人件費も不要で、設備投資もいらない。

小説家は税法上、漁業や、のり・はまちの養殖と同じ仲間に入っているけれど、小説家の開業には、カツオの一本釣りロボットもノリ網もいりません。パソコンやインターネット回線などは生活保護費の受給下でも「自立助長を促進するためのもの」で、設備投資というよりも生活必需品です。製造業を経営していた立場から断言するけど、小説家はきわめて利益率が高い仕事でもあります。

左官コテの製造業の場合、営業利益は数％ですが、自営業として考えると、小説家の利益率はこれよりはるかに高い。

なんといっても、小説家は銀行の融資を受けなくても（「融資が受けられない」ともいいますが）開業ができる。基本的に無借金経営です。

取引先（出版社ですな）に原稿料や印税を踏み倒されたとしても、損をするのは自分の工賃だけ。同じ請負仕事でも、土建業などが踏み倒されると倒産しかねない、ってことを考えると、リスクは本当に少ない。


ただし、小説家の廃業率はきわめて高い。

ときどき「作家で五年生き延びたらあとはなんとか」という「五年生存率」説を聞きますが（われわれの時代は十年だった）、ほとんどは一年持たないかな？

企業の廃業率をざっと調べてみると、個人事業主で五年以内に八割が廃業、十年で九割が廃業するとのこと。飲食業は廃業率の高い業種で、開業後二年以内でほぼ五十％が廃業します。

小説家の廃業率は飲食業よりもはるかに高い。廃業率が高すぎて実態がわからないんですな。「開業する前に廃業する」ケースが多いんで、廃業率を計算するための分母がなく、廃業率の実態を把握したくても計算できないほどです。

どういうことかというと、「新人賞を受賞してもデビュー作が刊行できず、デビュー作を一作だしても『デビュー二作目の壁』が越えられない」という新人が圧倒的多数だ、ってことです。

なにせ分母が把握できないので感覚的なものにならざるを得ないんですが、おおむね九十五%ぐらいが「受賞しても本が出せない、一作目が出せても二作目にこぎつけない」という感じですか。新人賞を受賞したのち、消えてなるものかと別の新人賞にリトライするケースはけっこうあります。江戸川乱歩賞は昔から「プロアマ問わず」だったので、多くのプロがリトライしてます。平成の記録だと生々しいんで昭和の時代のリトライ組をざっとみるだけでも、西村京太郎(第二回オール讀物新人賞)高柳芳夫(第十回オール讀物推理小説新人賞)多岐川恭(第三十九回直木賞候補)藤本泉(第六回小説現代新人賞)などなど。敬称略。

もちろんリトライする気力が失せ、二作目の壁を越えられずに筆を折ると、事実上、開業しないまま廃業になります。はっきり言ってしまうと「受賞しただけではデビューできず、デビュー作だけではプロとは言い難い」ってことです。

個人事業として考えると「リスクは少ないが継続がきわめて困難」というのが小説家の特徴なわけですね。

身も蓋もない言い方をすると、「専業になるかどうか迷う前に仕事がなくなって廃業するから、別に迷う必要はないよ」ってのが実情なわけだ。

兼業の時代が長かったので、専業になる心の準備は十分だったけどね。それでも固定費の大きさはけっこうこたえます。

健康保険と国民年金(専業になるときは個人年金を忘れずに。先日、年金を払い終えて明細が届いたとき、厚生年金の手厚さと、国民年金だけだった場合の試算をみて、冷や汗をかいたよ）、自動車の維持費（ガソリン代とか車検代とか税金とか。岐阜住まいだと自動車は不可欠だけど、車はとにかくカネがかかる）、住民税、所得税、水道光熱費などなど。

それにしても固定費はでかい。単純に毎月定額で出てゆくんだけど、気がつくと初年度で一年の年収ぶんぐらいは簡単に吹っ飛ぶ。蓄えがあったから踏みとどまれましたが、なかったらどうなってたか。会社をたたんだときに五十四歳だったけど、岐阜でその年齢だと、就職先はない。上京したところでライター仕事があるわけもない。なにより、ライター仕事に手を染めて小説に戻ってきた例は知らない。小説の新人賞を受賞して、それがきっかけで著述業をはじめてライターになった人を何人か知っていますが、そういう人はライターになると、小説家としてはそのまま消えてしまう。

新人賞を受賞してデビュー作を出し、一年を待たずにデビュー後二作目を刊行したうえで、デビューしたところ以外の出版社からも声がかかるようになって、貯金が年収の二倍以上あり、無借金なら、「とりあえず専業は一年」と期限を決めてすすめるのがいいかも。……と、こう書いてきて気づいた。この条件をクリアするのって、むちゃくちゃハードル高いよ。

処世術編

預言者と小説家は故郷ではうやまわれないでござる

今回は地方住まいのメリット・デメリットの話。

学生時代とサラリーマン時代をあわせると十年近く都内に住んだ。岐阜に帰ってからデビューして、東京に住み直すことなく今日にいたってます。

どうも後で耳にすると、二十数年前、「なんでキイチローは推理作家協会賞を受賞したのに上京して勝負をかけえねんだ」と言われてたらしい。上京しなかった理由は明解で、協会賞の受賞作がさっぱり売れなかったから。どのぐらい売れなかったかというと、受賞作「めんどうみてあげるね」を収録した単行本（『新宿職安前託老所』出版芸術社）の初版部数は、ぼくの近刊・『光秀の選択』（毎日新聞出版）の初版部数のほぼ半分。しかも重版もかかる気配がなかった。一九九四年だから、まだ出版バブルの尻尾を引っ張ってる時代だ、ってのに、だ。一発勝負に賭けようとも、ゼロにいくつ掛け算したってゼロなんだからどうしようもない。

地方出身の作家が小当りして上京したものの支え切れずに都落ちし「都落ちした」という評判が立ち、一気に仕事がなくなって廃業してゆく事例をいくつも見てきた。請負仕事なんだから、「売れなくなった」っていわれた瞬間から仕事がなくなる。

だもんで、とりあえず家業の左官コテの会社を経営して固定収入を確保し、こまめに上京する、という形をとることにした。岐阜に住みっぱなしなら仕事の多寡にかかわらず住居の移動はないんで「都落ち」と言われずにすむだろうという計算。

幸い、岐阜といっても東海道線の沿線で都内までは近い。月に一度の上京なら、そこそこのホテルに泊まったって都内に住むより安く済む。

地方の時代とか故郷への愛情とかそんな大層な理由はまったくなく、要するに「岐阜に住んでても原稿を書く上ではまったく困らなかったので、そのままずるずると岐阜住まいをして今日にいたっている」という事情です。いやもう、本当にどうでもいい理由でごめんなさい。

実際、小説はどこにいても書ける。初期投資さえ済ませれば、あとはどうとでもなる。いまでは国会図書館や東大の史料編纂所や国立公文書館などにアクセスできる。

岐阜に住んでいることでいちばんプラスになったのは、「岐阜在住だと小説の執筆に専念できること」かな。岐阜にはフリーランスのライターの仕事なんて存在しない。岐阜在住のままできる著述業の仕事は小説仕事しかないいんだ。

あと、岐阜には娯楽がない。上京するとずーっと銀座や新宿で朝まで呑みまくって遊びまくっていた。岐阜では遊びたくとも同業者がいない。「飲まない？」と声をかけてくれる人間もいないから、そのぶん上京したときは弾けまくった。もし都内に住んでいたら、遊んでばかりいて原稿を書かず、速攻で消えただろう。

執筆する上でのデメリットはありません。あったら三十年も続いてませんがな。

ライターの場合だとインタビューや取材、打ち合わせなどが必要でしょうが、小説家の場合は対面取材はごく限られてます。基本的な資料はほとんど自分の書庫かネット上にある。ネットで史料のPDFや画像データ（テキストファイルになっていないものがけっこうある）をチェックすることも多いし、学術論文も充実している。

企画の打ち合わせも「とりあえず書き上げ、読んでから判断してもらう」方針なので「通るか通らないか」だけ。書き上がったら手直しの打ち合わせは電話。表紙やカバー、オビコピーの打ち合わせも電話とメールで済む。

インタビューも電話。鈴木輝一郎小説講座は海外在住の受講生も想定しているんで、早い時期からSkypeやZoomなどのネットテレビ電話に対応してます。


デメリットは執筆外環境かなあ。

岐阜県出身の小説家はけっこういるんだけど、岐阜県在住は二〇二〇年一〇月現在では、たぶん僕一人だけです。毎年、春先になるとイノシシが山から出てきて人を襲うのが新聞記事になる。関ヶ原に住んでる知人（カタギです）がドライブ中に鹿を撥ねたことがあるし、ちょこっと走らせると「熊出没注意」の看板が立っている。

つまり岐阜県在住の小説家は、イノシシやタヌキや鹿よりも数がすくなく、ツキノワグマのように恐怖をもって語られ、その生態はオオサンショウウオやニホンカモシカのように謎に包まれているんですな。——わしは天然記念物か。

　で、いきおい、そういう扱いになる。

　都内だとか大阪、名古屋あたりで何かの拍子で名刺交換することがあると「小説家ですか、珍しいお仕事ですね」で済むんだが、岐阜だと「本当のお仕事は？」と必ず聞かれる。これが本当の仕事だよ。「いつ原稿を書いているんですか？」って、仕事なんだから一日中ずっと書いてるんだよ。

「岐阜県ゆかりの作家」とは「岐阜県出身の作家」「岐阜に住んだことがある作家」であって、「岐阜に住んでいる作家」じゃないことは間違いない。

　毎年おこなわれる「関ヶ原まつり」だとか「ぎふ信長まつり」だとかの基調講演に呼ばれたことはない。岐阜県図書館で●●●●さんの講演を聴きにいったとき、主催者の偉い人がスピーチで「岐阜県出身の作家先生に講演をお願いしたところ次々と断られまして……」と始めたのでおもわず「俺は！」と立ち上がりかけた。いやもう、「預言者は故郷と肉親に敬われず」ってのは本当ですな。

　岐阜出身で東京に住み、ちょいちょい岐阜に帰ってくる、ってのがいちばんありがたがられるポジションのようで、いっそ本気で都内にバーチャルオフィスを構えたろか、と思いましたがな。といいつつ、いま検索かけたら、けっこう安い。真面目に考えてみるか。

プロモーション編

サインと小サインは三角関数とは無関係なんでござる

今回は著者サインの話。

そういえば小説家の仕事のひとつに「サインすること」というものがありました。芸能人のように毎日何十枚・何百枚ということはないけれど、サラリーマンやってた時代にサインを求められるのはクレジットカードの利用明細とデニーズのクリスマスケーキご予約票をさしだされたときぐらいなので、「サインする」ってのは小説家だからこその仕事ではある。

ぼくのサインは、書道の先生の免状をもってる従妹が作ってくれました。デビューが決まったとき「ぜったい必要だから」と、縦書きバージョンと横書きバージョンの二つがあります。そのときは笑ってましたが、三十年経ってもまだそのサインを使っているんだからわかんないものです。断言しますが、小説家仕事をする上ではサインは絶対に必要なんで、それなりのものは作っておくことが重要ですな。検索するとサインを考えてくれるサービスがある。二万円ぐらいしますけど、その値打ちはあります。

どんな場面でサインをするか。

さすがに芸能人と違い、顔なんざ売れてないので、道を歩いているときに不意にサインを求められるこたぁありません。

いちばん多いのは自著にサインすること。新刊書店まわりのときに書店員さんに渡す献本にサインしたり、その流れで「では店頭の本にサインしてください」ということでバックヤードでせっせとサイン本つくったり。著者のサインは汚損の扱いになるので、サインしてしまうと返本できない。つまり「店頭の本にサインしていいよ」ということは「これだけの本はぜったいに売ってあげるよ」ということで、いつも内心合掌しながらサインしてます。

洋物のドラマをみていると、アメリカの小説家のキャンペーンは、著者による朗読会&サイン会が主流らしい（朗読している最中に誤植を発見したらどうするんだろう）。著者のサイン会というのは、万国共通のものらしい。


最近では出版社に行ってサイン本をつくってくるということも見かけるようになりました。「編集部に行ってサイン本を百冊つくってきました！」と写真を載せる同業者も増えてきた。あの書き込みをみるたびに思うのは「そんなもの作って怖くないのか？」ということ。

出版社で用意するサイン本は書店におくられることになるんだろうが、サイン本は返品がきかず、書店さんの買い取りになる。書店員さんの立場になって考えると、別に店に来たわけでもなく会ったこともない作家のサイン本を「返本できませんけど」と押しつけられて嬉しいか？

それよりもっと恐ろしいのは、書店さんに引き取られない著者サイン本は、誰にも読まれないまま消滅する危険があることだ。サインがない売れ残りの不良在庫はこっそり小口に消印を押されてゾッキ本とかバーゲンブックとして叩き売られてゆくこともあるのだが、サインがあったらゾッキ本扱いにもなれず、そのまま断裁処理されてトイレットペーパーになるしか方法がない。著者的には、まだ叩き売られてでも読まれるほうがいい。他人の肛門に賞翫《しょうがん》たまわるために小説を書いているわけじゃないからね。

色紙にサインするのは、著書にサインすることにくらべるとかなり少ないかな？　講演のあとに記念のサインをすることもあるけれど、これは一度にせいぜい一、二枚。いまは書店さんに飾るためのミニ色紙が普及してます。これはその性格上、一店舗に一枚しか書きようがない。

漫画家は色紙にイラストを描いたりするんだけど、われわれ小説家は「○○書店さんへ」という為書《ためが》きと自分のサイン以外に書くことがない。しゃあないんで、いくつか四字熟語を準備して空白を埋めてます。色紙にサインする場合、「鈴木輝一郎」って小説家の名前なんざ誰も知らないだろうから、著書にサインするよりも崩すのを控えめにして、判読しやすいように気をつける、ってことはあります。

サインの話をするとき見落としがちなのは「為書き」、っていうシステムの恐怖。「○○様へ」と書き添えるアレね。

どこが恐怖かというと、いかに漢字を知らないかがバレるから。「齋藤」とか「廣瀬」とか「國廣」とかね。「ワタナベ」さんになると「渡邉」と「渡邊」の二種類ある。「鸁皮鬱雄」さんがきたらどうしよう、とか。ただまあ、これは為書きを書く相手に別紙で名前を書いてもらうことでしのげる。

もっと恐怖なのは悪筆がバレるってところ。小説家になった理由が、「悪筆をカバーするためにワープロ専用機を買った」ぐらいなんだから、はっきり言って文字は「汚い」というレベルじゃない。自分のサインはさすがに何万回と書いているんだからごまかせるんだけど、生まれて初めて会った読者の名前なんて、練習なしの一発書きに決まってるから、ほとほと頭を抱えた。

ところがある日、「小説家が著書に書くサインは、そもそも判読するためのものじゃない。読めなくていいのだ！」と発見した。サイン本の為書きは「文字」じゃなくて「絵」なんだ。そこで新潮新書『字がうまくなる「字配り」のすすめ』を買ってきて読み、「中心線をまっすぐにする」「画数の多い文字は大きく、少ない文字は小さく」「背筋を伸ばし、太いマジックで書く」という三つを心がけるようにしてます。


ちなみに編集者だとか作家だとかの献本にはサインしません。仕事柄、大量に本が送られてきて処分するとき、サインしてあると困るから。古書店の百円コーナーで「○○○○様へ」と入ったサイン本を見つけたときの気まずさといったら——気まずいのは俺だけど。

処世術編

映像化されても著者本人には大したメリットはないんでござる

「俺の夢は自分の小説が映像化されることです！」って言ってくる人がけっこういるんで、今回はその話で。

先に書いておくと、いままで自著が映像化されたのは三回。テレビが二回、舞台が一回。おなじぐらいのキャリアの同業者のなかでは少ないほうだけど、これは制作費のかかる歴史小説・時代小説にシフトしてるからですね。

映像化っていつ打診されるのか。

新刊が出たときにテレビ局やプロデューサーから出版社に連絡がきます。二十年ぐらい前は日本文芸著作権保護同盟が映像化権のコントロールをやってくれたんですけどね。小泉改革の関係で文芸著作権も自由化され、二〇〇三年にこの同盟は解散。それ以降、出版社が映像化権の管理もやってくれるようになりました。

いまは映像化の打診や契約は基本的に初出の出版社を通します。マージンが差し引かれるかわり、映像化権料の取り立てだとか、映像化にともなうスチール写真の使用だとかの交渉をしてくれます。あと、おおきな声では言えないけれど、小説家が本人でやるより、名の通った出版社が交渉したほうが、製作サイドの対応が違うんだぜ。

映像化されると、いったいいくら貰えるのか。

原作者に支払われるのは固定なのが普通です。映画がどんなにどんなにどんなに炸裂ヒット（この原稿は『鬼滅の刃』の映画がどか売れしている最中に書いてます）しても、まったく関係ありません。

具体的な金額はさすがにアレなんですが、一般公募の新人賞でテレビ局が後援となっている場合、その賞金はテレビ局が出してると思って間違いないっす。募集要項などには、映像化権料は賞金に含まれる、と書いてある通り、その金額が相場。

わりとどうでもいい話なんですが、本賞を逃して賞金をとりそびれた人の作品が、ハリウッドで映画化された。本賞を受賞していないので映像化権料は著者本人のもので、しかもハリウッドの映像化権料は日本とはケタが違ったんだそうだ。何が幸運になるか、わからんもんだぜ。

ただ、原作料というのは年々ものすげえ勢いで削られている。『金ケ崎の四人』（毎日新聞出版）が二〇一七年にドラマ化されたときの原作料は、一九九六年放映『ご立派すぎて』（講談社）のほぼ三分の一。『ご立派すぎて』が名古屋ローカルだったのに対し『金ケ崎の四人』は全国放送だというところを考えると、いろいろ感慨があります。

現代小説を書いていたころはフリーのプロデューサーって人からちょいちょい電話がかかってき

ました。当時のテレビの関係者って、ものすげえ話を盛るのと、こちらの態度によって、どえりゃあ掌を返したもんでした。こちらが腰を低くすると尊大になるけど、「ふーん」ってふんぞりかえると揉み手をしてくる。そんなハッタリがきいた時代だったんですな。いまだとネットでちゃちゃっと検索をかけると、どの程度売れてる原作者なのか一発でわかるから、ハッタリもきかないかわり、いきなり不快な思いをさせられることも激減しましたな。


中身にコミットすることはできません。

オッケーか止めるかの選択肢しかないのが普通です。映画監督のなかには「原作料は口止め料だから原作者は黙れ」と公言する人もいます。無礼な物言いだとはおもいますけど、正直なところですな。

作品構造的に劇場映画は短編小説です。原作の長編小説を映像化する場合、まったく別物になるのは避けられない。ここらへんの事情を理解できない人がごちゃごちゃ言うことがあるんだそうだ。脚本家の知人の話を聞いてみると、そうした作品構造のほかにも、予算の問題とかプロダクションの義理だとかが複雑にからんでいて、いかにも大変そう。

実際に自分の作品が映像化されたのをみると、「ストーリーはたしかに見覚えはあるけれど、ぜんぜん別物だよなあ。面白いからいいけど」ってのが一番ちかい。


はっきりいうと、映像化されるメリットって、原作者にはほとんどありません。デメリットもないので、出版社経由でオファーがきたら「はーい、おまかせしまーす」とこたえ、その後、うんともすんとも言ってこない、ってのが通例です。そこそこ評判になっても（知人によれば「かなり評判になっても」らしい）原作の売上げはまったく変わらない。コミックの場合だとロイヤリティ収入ちうものがあるけれど、小説にはそんなものはない。

「映像化されると親戚が喜ぶ」というのがいちばんのメリットかなあ。アンソロジーで藤沢周平や江戸川乱歩と同じ本に収録されたとき、親戚一同が「おおおおっ！」と反応したけれど、あれと似たようなもんです。虎の威を借る狐の快感、ですかね。なんであんなに喜ぶのか、いまひとつ理由がわからんのですが。

映像化されると、撮影現場（舞台化の場合だと楽屋）を見学できる、って特典があります。小説の仕事は基本的に単独仕事なんで、撮影現場や舞台のようなチーム仕事は面白いですねえ。『三人吉三』（双葉社）が舞台化されたとき、時間調整で明治座の近所の喫茶店でお茶した。そしたら堀部安兵衛役の萩原流行さんがお茶してた。せっかくだからと思って「実は原作者でして……」と名刺を差し出した瞬間、萩原さんは弾かれたように直立し、「よろしくお願いします！」と、折り目正しく深々と頭を下げられて、こちらが恐縮しました。

まあ、はっきりいうと「映像化は余禄」です。いろいろ面白い経験ができる余禄ですけどね。

心がけ編

小説家は読者のサンドバッグにしていいと思われているらしいでござる

今回は読者レビューの話。

「辛口批評」と「悪口雑言《あっこうぞうごん》罵《ば》詈《り》讒謗《ざんぼう》」の区別がつかない読者レビューアーは実に多いっす。

書評でもっとも困難なレビューとは「読者が買いたくなるようなレビュー」だと断言する。

これは一時期、自分のサイトでレビューを書いてamazonへのリンクを張り、どうやれば読者がリンクを踏み、購買するか、やってみたから実感している。はっきりいって、ちっとやそっとで読者はリンクを踏んでくれないし、購入なんてしない。

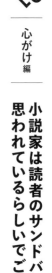

最もかんたんで安直なレビューとは、買う気がなくなるような「辛口」罵倒レビューである。いちいちカーネマンをひっぱり出すまでもなく、行動経済学によれば「人は危険を冒さない」すなわち、もともと「知らない本は買わないようにできている」のだから、作品を罵倒して買う気を無くさせるのは誰でもできるんだよね。

時代小説・歴史小説のレビューというか、揚げ足とりに関しては、明らかに三田村鳶魚の罪は大きいよね。時代背景を確認するための史料を揃えること、それ自体が大仕事だった鳶魚とは時代が違う。三田村鳶魚のネタ元である『守貞漫稿』や『嬉遊笑覧』、『古事類苑』『甲子夜話』などなどは、キーボードを叩けば一瞬で読める。いまや、どこまで考証を正確にするかは、知識の問題ではなく、個性と演出の問題の時代になっているんだ。

「ファンタジーにすぎる」といわれても、そもそも小説だ。「フィクションとしては面白いが」ってレビューアーにこの場で言おう、小説はフィクションだ。歴史を学びたいのなら小説ではなく歴史学の本を読め。

自称辛口レビューアー諸君らのやっていることは、ショッピングモールのイベント広場でおかあさんと子どもたちを楽しませるために必死で演じるアンパンマンショーのヒーローたちの、背中のチャックをみつけて絶叫しながら狂喜乱舞する中学生たちと、心理と行動において同じだ。ショーの場所も目的も理解できず、ファンタジーも理解せず、日常の鬱憤から逃避するためだけの茶化しと嘲弄だけを探していては、人生の真の面白さも深さも理解できまい。

あまりにもあんぽんたんなレビューが多くて閉口したんで、『桶狭間の四人』（毎日新聞出版）からは巻末に「この物語は史実に題材をとったフィクションです」とクレジットを入れることにした。「史実に題材をとったフィクション」ではない歴史小説なぞ、どこに存在するというのだろう。

この種のいわゆる「辛口レビュー」を書くケースはおおきく二種類ある。

ひとつは「誰に対しても、どの作品に対しても罵倒するだけ」という人。

以前は「買わずに罵倒だけするレビュー」というものがよくあった。さすがにこれはネット書店側もまずいと気づいたのか、さっさと削除に応じるようになって、いまでは見かけなくなった。

だが「買わずに罵倒してはいけない」を逆向きに解釈して「買ったものなら何を書いてもいい」というレビューアーが増えたのもまた、事実だ。

「残念ながら最後まで読んでしまいました」と星ひとつしかつけないのはもう、評価をさげるためだけにレビューを書いているとしかおもえない。「女性をもっと登場させてほしい」ってのは、レビューではなくリクエストだ。

昭和の時代、オヤジたちは夕食時にビールかっくらってテレビの前で横になって鼻くそほじりながら「そんなところでカーブ投げるから二流なんだ」と野球中継に向かってボロクソに言った。令和になって、ツールが変わったということだ。

はっきり言おう。罵倒するなら猿でもできる。匿名でけなしてあるのは、レビューでもなんでもない。便所の落書きだ。


もうひとつは「特定の人物に（俺だよ、俺）執着して罵倒する」というもの。一定の割合で存在するので分母が多ければ当然増える。ありていに言ってしまえばストーカーだ。

小説家の読者のストーカー案件については、古くは胡桃沢耕史が自宅を訪問した読者に刺されたところから現代にいたるまで枚挙にいとまがない。スティーブン・キング『ミザリー』に出てくるような話は、うかつに口にするとストーカー諸君の愛の炎に油どころかガソリンをぶっこむので伏せられているだけで、われわれの業界では実によくある話なんである。

先に言っておくと、リアルなストーカーに関しては速攻で警察に相談するのが重要。ストーカー対策についての書物はいくつも出ているので、そちらを参照していただきたい。

岐阜に住んでいると、リアルなストーカーにはほとんど遭遇しない（ないわけではない）。もっぱらネットストーカーで、SNSなどで執拗に中傷してくる。ぼくの本を読んだ形跡もみられない（でもレビューを書く）ので、その動機も目的も不明なんだが、一定の周期でいろいろあらわれる。めんどくさい事態が発生するのもナンなのでエゴサーチは防犯上必要。ただし絶対に反応してはいけない。ブロックをするとストーカーにわかってしまうので、やるとしたらミュートだ。無反応でいつづければ、飽きるかエスカレートする。たいていはエスカレートする前にあちらが飽きる。かなりのスルー力を試されることになる。ただまあ、しょせん便所の落書きの粘着は粘着力が便所の落書きではある。こういっちゃなんだが、文才もなくこの仕事に三十年粘着し続けてきた身からすれば、ストーカーの粘着力なんざ、ごはんつぶどころか、百均の付箋紙の糊にも劣るから、すぐにはがれるわさ。

……それにしても、今回は怒りが籠もってるなあ。そんなに怒らなくても。

プロモーション編

著者インタビューはされる側にだっていろいろコツってものがあるんでござる

インタビューの仕方はちょいちょい見かけるけど「著者インタビューのされかた」はあまり情報がないので、今回はその話。

なぜインタビューされるか、というと、基本的には新刊のプロモーションです。本は、刊行しただけでは売れない。「発売しましたよ」ということを知ってもらわないことには話にならんのだ。

もちろん、他の分野で取材を受けることはある。「兼業作家」「小説講座」といった「売り」があると強いことは強い。

テレビのゲストコメンテーターを何度かやったことはある。「他人の話を聞く」「短いセンテンスで切れ味よいコメント」「噛まない」ってな、小説家仕事とは対極的な素養が必要で、一度やったら二度と声がかからない。テレビのコメンテーターで小説家が滅多に出てこない理由はそこ。

新刊が出たときに編集部がコーディネートしてくれることが普通。だけどごく例外的に、作家が自分でコーディネートすることはある。

蓮見恭子さんは自分でプレスリリースつくって記者クラブをまわる由。大阪ならでは、かなあ。岐阜では新聞記事になっても、配本の関係で地元の書店に鈴木輝一郎の著書は並ばないからなあ。

誰がインタビュアーになるかいうと、告知媒体の雑誌のライターが多いかな？

ひとつ重要なことがある。小説家とライターで資質に決定的な違いがあるんだよね。小説家は自分の話をしたがり、ライターは人の話を聞きたがる。小説家が自分語りがうまいとは限らない（いや、ほとんどの場合、自分の話したいことしか話さないので、話は下手くそだ）けれど、ライターは間違いなく聞き上手。身を乗り出して目を輝かせ(るふりをしながら)「それで？・」「すごいです！・」と連発してくれるので、まったくもって気持ちがよろしい。聞き上手のライターにかかると、小説家なんてものはちょろいもんである。

ええように舞い上がって有名人になったつもりで舞い上がりやすいんで（俺もよく舞い上がる）注意が必要だ。……舞い上がりかたがしつこい。

ちなみに、インタビュー前に、記事として切り取りやすいフレーズを用意するのは必須。

著者インタビューは、あくまでも他人が活字に起こすものなんでござる。

小説家は人間として終わっている箇所はいろいろあるが、いちばんおおきく壊れているのは「だらだら喋り、どうでもいい話をえんえんと、いつまでも、体力が続く限りする」というところ。なぜそんなくっちゃべりかたをするかというと、「思いついたことを片っ端から書き付けて、あとから推敲しよう」ってな習慣が染み付いているから。まあ、大阪のおばはんの舌にセクハラオヤジの脳が連結された状態だと思うといちばん近いかもしれん。

新刊インタビューではあるけれど、インタビュアーが告知すべき著書を読んでいないケースが通常なんでござる。

冷静に考えよう。インタビュアーにとっては日常のルーティンな取材なんだ。十把一絡げのどこにでもいるような小説家のインタビューのために、わざわざその過去作に目を通すような手間をかけてられますかいな。取材慣れしている広報とか、常識的なインタビュイーなら、事前にプレスリリースぐらいつくっている。

それ以上に重要なのは、自著を読み返すこと。自著が店頭にならぶかどうかというタイミングでインタビューが入ると、頭の中は次の作品のことでいっぱいになっていて、告知すべき本で何を書いたか、忘れちゃってることがけっこうある。

インタビュアーが取材対象の新刊を読まず、インタビュイーが取材対象の新刊の中身を忘れている事態が発生すると、とんでもない記事ができることになるんである。とんでもないのはもちろん俺だが。

インタビュー写真を撮ることがある。

はっきり言って、写真は重要だ。聞いたことのない作家のインタビュー記事なんざ誰も読まない。

小説家は「絵」にならない。漫画家のようにペン入れしている構図は不可能だ。

構図は難しい。「腕」を持て余す。ろくろを回すしかない。頬杖をついて許されるのは太宰治だけだろう。「腕」がない状態で写真を撮ると、選挙ポスターか遺影のどちらかになってしまう。
かつて「文士」なんてものがあった時代、和服着てくしゃくしゃの髪をぞんざいに、ってなイメージもあった（それは昭和初期だぜ）けれど、いまは「見ただけで作家」なんて絵柄は望むべくもなく、いろんな同業者が大絶賛試行錯誤中である。
カメラマンがいる場合の写真の撮られかたは難易度がかなり高い。インタビュアーに話しかけながら横顔やら何やらを「カメラを見ないでください。自然な表情がほしいので、カメラを意識せずに自然に話してください」とパチパチ撮られる。だが、日常で写真を撮られるとき、カメラ目線じゃないのはインスタ映えを意識した横顔写真ぐらいだからね。

取材後に「原稿をチェックなさいますか？」と尋ねられる場合もある。これはかならず見せてもらう方針です。「データのチェックだけで、内容はいじりませんよ」というと、PDFで送ってくれます。インタビューは日程がタイトなケースが多いんで、本当にデータの間違いのチェックだけです。

ちなみに「いくら貰えるのか」というと、ギャラはゼロが通例。パブリシティ仕事なんで、本来ならこちらが広告料を払わなきゃならん種類の仕事なんでござる。小説家の仕事、意外とタダ働きが多いんだぜ。

処世術編

作家にはいろんなコースがあるけれど自分で選べないんでござる

「同業者の友人は大切」ということと矛盾するようだけど、同業者の友人は、いたらいたでいろんな意味でストレスになるんで注意が必要なんだよね。

業界関係者はみんな知っているし薄々感じているんだけど怖いから口にしない業界常識。それは「小説家には二種類ある」。

つまり「編集者が惚れる作家」「売れてる作家」の二種類なんである。

かつては「将来売れるだろうから先行投資する作家」がいたけれど絶滅した。市場規模にくらべると作家は余っている。売れるのを待って育てなくても、大物気取りのそこそこ売れる程度の新人作家なら、一年待てばすぐに違う新人が出てくるからね。

ちなみにどの種類の作家になるかは、本人は知らなくてもまわりはみんな知っていて、なんとなくそのように扱われるけれど、本人だけは気づかないまま嫉妬の嵐に身悶えするという、まったくもって恐ろしい話なんである。

出版社は営利企業だけど、営利だけを求めてるわけじゃない。数多くのカネを稼ぐ奴隷をアメとムチで働かせつつ、たいしたゼニにはならないけれど自分が読みたくて読みたくてたまらない作品を出したい、という構造になっている。

もっと露骨にたとえると、首に縄をつけられたサルマワシの猿の綱の端をつんつん引っ張っている人と、背に文学の栄光を背負った女神の爪先に口づけしている人とが同一人物だ、ちうことだ。ちなみに猿にも女神にも互いにその自覚はない。

「編集者が惚れる作家」とは、まさにその通り。

編集者は基本的に活字マニア・小説マニアなんで「売上はどうでもいいから（最近はさすがに売上で玉砕すると難しいんで「赤字が出ない程度に」だが）俺が夢中になる作品を世に出してくれる作家と組んで夢中になれる作品を出したい！」という作家コースね。

このポジションはかつて純文学の独擅場だったけど、いまはエンタテインメントにも進出してます。

実売はそこそこだけど同業者が羨む作風の作家で、身も蓋もない言い方をすると「書いたら必ず書評欄にとりあげられる、文学賞を次々ととりまくる、年末のベストテンにとりあげられるタイプ」がこれ。

「ベストテンになるんなら売れてるんじゃねえか」と思うでしょうが、実のところ文学賞やベストテンに残る人と実売はイコールじゃない。両方兼ね備えているのは、宮部みゆきさんと浅田次郎さんぐらい。

「売れてる作家」とは言葉通り。

文芸書籍は制作原価が低く、ひとつまみのベストセラー作家の売上げによって、関係者全体の生活が支えられているという構造がある。

重要なのは、一万部売ることと百万部売ることとでは、作品に要求されるものがまったく違うということだ。ハードカバーの単行本のマーケットは三十年前は二十万部だと言われた。現在はその半分以下（はるかに少ない可能性大だが）だとしよう。その場合、二十万部売れる本というのは「ふだん一五〇〇円で本を買わない層が面白いと思う本」であって、活字マニアに受ける本とはそもそも客層が違う。同じ鳥料理でもトゥールダルジャンと鳥貴族を同列に論じるのは無理だとわかっていただけるだろうか。モノの貴賤や優劣を論じているのではない。役割が違う。

もっと露骨に言ってしまえば、売れてる作家の担当者は、その作家の作品にまったく関心がないか、まったく面白いと思わないけれど、売れるんだから担当して売る。

このタイプは、とにかく売れるが書評や文学賞とはまったく無縁という特徴がある。あまりにも差し障りがありすぎて恐ろしいので物故者しか例示できないが、佐藤紅緑とか団鬼六とか林不忘とかを想起していただければご理解いただけるだろうか。宇能鴻一郎（物故してないけど）が評価されたのは芥川賞を受賞した『鯨神』ではなく官能小説『むちむちぷりん』や「わたし、濡れちゃったんです」というフレーズだ。豊田行二が『野望シリーズ』で山手線のキオスク全駅を制覇したのは『本の雑誌』の調査で初めて知られた。

このタイプはそもそも書評にあげられることさえないので情報がなく、かなり売れていても同業者にはけっこうわからない。

銀座で呑んでた時代、知人巨匠同業者が編集者に囲まれていて「こっち来ない？」ってボックスに誘ってきたときに「ほーい」とボトルとグラスを持って移動すると、「どこの社が輝一郎の飲み代を負担するか」と編集者に緊張が走った。巨匠なら接待費が下りるが鈴木輝一郎では下りない。「俺のぶんは自分で持つから大丈夫」って宣言しないと、おちおち座れなかった。

ことほどさようにものすげえ扱いが違うし、その差のつけかたも異なる。

だもんで、友人がキャリアが同じぐらいだと、なかなか辛い思いをすることになる。

おもいっきり先輩なら追い抜かれるもへったくれもない。

自分の息子ぐらいではるかにキャリアが新しい同業者の友人の場合、突然スターになったときでも年齢差はかわらず、売れてもこちらを丁重に扱ってくれるから、それはそれで素直に嬉しい。

時代を変えるような天才は「地道にコツコツ」なんてことは滅多にない。突然空から降ってくる。ある日突然あらわれ、いきなりさっさとスターへの階段をかけあがってゆくからねえ。

新人作家がそこそこキャリアを積んでくると「自分はいったいどちらなのか」と迷ったり苦しんだりして自滅したりする。

だからはっきり言おう。「他人は他人、自分は自分」と言い聞かせる、「同業者の友人をつくるなら先輩か若い天才のどちらか」の二つを肝に銘じるのが最も肝要である。なんの話や。

錯覚も気力の源泉になるでござる

「なぜ小説家を目指すようになったの?」というリクエストがきたので、最終回はその話。

まず表向きの理由。

二十五歳のとき、ワープロ専用機が十万円を切って発売された。

それまで悪筆でさんざん悩まされてきたんで秋葉原に飛んでいって買ったら、○字×○行という書式設定しかできず、小説を書くぐらいにしか使えなかった。

だもんで小説を書いてみたら書けた。オール讀物新人賞に送ってみたら、生まれて初めて書いた小説が二次まで行って、自分の作品のタイトルと名前がゴチックで残った。

そこで「俺って凄いかも」と錯覚して書き続けた。

オール讀物推理小説新人賞に二年続けて最終に残って落ち、独学の限界を悟って東京の小説講座に夜行バスで通った。当時、エンタテインメントの小説講座は東京にしかなかったからだ。

ゲストに来ていた講談社の宇山さんに、二次会でラフなネタを話したところ「面白そうだから、書いて、持ってきて」と言われ、書きあげたら採用されて、三十一歳でデビューし、今日にいたっている。

書き始めてデビューまでおおむね六年、短編は三十編ほど、長編は二編。合計で原稿用紙換算三六〇〇枚ほど書いた。

新人賞については、エロとラノベ（当時はジュブナイルと言った）にはまったく歯が立たなかったが、それ以外はほとんど予選落ちはなし。

冷静に自己評価すると「筆力は安定して手堅い作品を書くが天分に欠け、パンチ力が弱い」といったところか。

天分としてはプロでやってゆける最低ラインぎりぎりのところで、この程度の才能なのによくデビューまで力をつけたもんだ、といったところか。

鈴木輝一郎小説講座の受講生で六年続けて書き続けている人は少ない。二〇一八年度の受講生リストをみたら八十一人（八人ではない）辞めていた。

才能や天分に恵まれていなくても、書き続けていれば、けっこう補えるものだ、と断言するのはそんな理由から。


問題は「表向きじゃない」ほうの理由。

すこし考えてほしい。小説を書くぐらいにしか使えない道具をみて「小説を書こう」と発想する時点ですでにアレな臭いがしないか？

で、いくら独学の限界を感じたからといって、夜行バスで岐阜から東京まで通うところが「人として近づきたくない」タイプではあるわな。

んでまあ、本当の理由を書くと、

「二十五歳のとき、生まれて初めて人に褒めてもらえそうなものに出会えたんで、そこにしがみついた」ということだ。

いまなら「発達障害」とか「アスペルガー」といった診断名がついたろう。実際にテストをしてみると針が振り切る。

もちろんぼくが子供の頃にはそんな診断はなく、物心ついたときから「何をやらせても駄目な奴」と言われ続けてきた。身体バランスがきわめて悪く、スポーツのたぐいはまったく駄目。

これに加えて協調性がまったくないので、野球などのチームでやるゲームをすると、負けの責任をいつも押しつけられた。

友人なんてもちろんおらず、ゲームなんてない時代だから読書と空想の世界に没頭した。小学生で司馬遼太郎を読み、中学生でシェークスピアを読み、高校生のとき旧字旧かなの夏目漱石全集を読破した。

そう書くと凄そうだが、よく考えてほしい。そんな国語力は日常生活にも受験にもまったく何の役にも立たない。

日常生活の無能は大学を卒業してから拍車がかかった。

営業職で入社したものの、一方的に話すばかりでロクな商品説明ができず、ゲームセンター（タイトーというゲームメーカーだった）で集金をすると、必ず計算に間違いがあった。

なにより悪筆がまったく直らない。ぼくの担当の得意先への年賀状は「字が下手すぎて先方に失礼」ということで、部員で分担して残業し宛名書きをした。その間、椅子に正座して待つのだから拷問である。だからワープロが出たときとびついたわけだが。

そんななか、貿易部のワタナベさんとデートしたとき「先日鈴木さんが書いた社内報、とても面白かったですよ。これで身を立てたら」と社交辞令で褒められて舞い上がった。ちなみにワタナベさんは二度とデートしてくれなかった。どうでもいいことだが。

まあ、こんな会社員生活がうまくいくわけがなく、結局、追われるように退職することになった。社員寮から退寮するための荷造りをしている最中、初めてオール讀物推理小説新人賞の最終に残り、引っ越しを終えてから選評を読んだ。

このときの受賞者はぼくと同い年の女性で、筆名を宮部みゆきさんと言った。宮部さんはこれがデビューである。

天分と才能と実力は別のものだ。天分に恵まれなくても他のもので補えば才能にはなる。天分も才能もなくても、気力と錯覚があれば実力はつく。まあ、「才能もないのにこの業界にしがみつく痛い奴」的な行状を含めて、だが。あと、「人に褒めてもらう」のをモチベーションにすると、評価を他人任せにする危険を常にはらむことになるが、その話はいずれかの機会に。

ただ、もし小説を書き始めたばかりの自分に「小説家としてはたいした才能じゃないよ」と忠告する人がいて、筆を折っていたら、どうなっていたかなあ、なんてことを夢想するのは、ときどきある。おぞましい夢だけどね。

おわりに

叔父が生前、「人生、十年ごとに節目がある、というか、節目もなくダラダラ生きてる奴はロクなもんじゃない」と言っていた。

連載が決まったとき、仕事の性格上、自分の人生の振り返りが必要なんで、エクセルつかってうんこらせと自分の過去年表をつくったところ、頭をかかえるというか、うんざりというか、叔父の忠告がけっこう正鵠を射ていて参った。まあ、はっきりいうと、酒で壊れていた四十代の年表が、ものの見事に真っ白だったんだよね。

アル中からの回復を目指して以降の、直近の十年間はずいぶんせわしない。断酒をしたことと、キリスト教(ルーテル教会っていう、古いプロテスタントだ)の洗礼を受けたことが大きいかな。

教会経由で岐阜ダルクとのおつきあいができた。牧師先生から「岐阜ダルクから『手を貸してくれ』って頼まれたけど、私は手一杯なんです。鈴木さん、アル中だからヤク中の気持ち、わかるでしょ? よろしく」という、いろんな意味で凄い理由で依頼を受け、今日にいたってる。

覚醒剤や大麻といった違法薬物依存、処方薬依存、窃盗依存、摂食障害といった依存症の現場にはやたら詳しくなったけれど、それ以上に「見返りを求めずに人に奉仕する」ということを学んでいるのが大きいかなあ。岐阜ダルクに寄付してくださる支援者のかたがたは、何一つメリットがないのに寄付金を寄せてくださる。新型コロナの定額給付金を、そのまま寄付してくださるかたも少なからずいらっしゃるのを入力するにつれ、パソコンの画面で思わず何度も背筋をのばしてる。

仕事の面では、小説講座をはじめたのは大きい。本文でも触れたけれど、登場人物の履歴書をつくったりエクセルで作品内年表をつくったりしたのは、小説講座をはじめてからのこと。作品づくりが丁寧になって、校閲からのゲラがきれいになった——いやまあ、そこらへんの話をすると、担当・杉江さんに笑われそうだが。

何十年来の宿題がそのままになっているので、この後の三十年で、なんとか片付けなきゃ。「凄い作品を書く」って宿題。

書斎のパソコンの脇に、いつも目に入るようにハガキを立てかけてある。二十数年前、推理作家協会賞を受賞したときにいただいたもの。ボールペンで書かれた文字はいまでも鮮明に読める。差出人は江戸川乱歩らとともに推理作家協会（当時は探偵作家クラブ）を設立した阿部主計さんという評論家のかたから。

文面はこんなの。

☆

八十五歳の推理作家協会会員です。

今年は都合悪く協会賞授与の会に出席できませんでした。

どうぞ、私の生きて居りますうちに、凄い作品をもうひとつ、読ませてください。

六百枚の長編でも、二十五枚の短編でもかまいません。

私の生きている内に——

期待しています。

☆

三度目にオール讀物推理新人賞の最終に残ったとき、森村誠一さんが選評で「この著者は今回、賞を逃したが、きっといつか凄い作品をひっさげてくると信じている」と言ってくださった。

まあ、そのときのことがあったんで「受賞のことば」を書くとき「きっと凄い作品を書いてみせる」と書いた。そんなことを受けてのことです。

最近ようやく「凄い作品」とは何か、見えてきたのが進歩、かなあ。

内容が「凄い作品」とは、隆慶一郎の大胆さと吉行淳之介の繊細さと田中芳樹の奔放さと曽野綾子の精密さを併せ持った作品のことだ。ぼくにとっては、だが。

実売が「凄い作品」は、もう同業者知人（複数）が次々と経験しているのをみてきたので、どんなものかはよくわかる。作品の出来は当然として、それ以外の要素が複雑に絡まってくる。「生き残り、書き続けることが必須の条件」なのは、とてもよくわかっている。

名のある仏師は、木像を彫るとき「像を作るのではなく、木の中に埋まっているものを掘り出すだけだ」と言ったそうな。

で、ぼくのパソコンの中の白い原稿用紙には、まだ掘り出されていない——書かれていない名作が、ずいぶんたくさん埋まっている。

お楽しみは、これからだぜ。

本書を読んだ、ご意見・ご感想を、左記にお寄せください。

絵はがきに「面白かった」と一言書いていただくだけで十分です。差出人の住所氏名を忘れずに。

……ぼくが書いたと思われるので。

ひとりでも多くのかたに、いちにちでも長く楽しんでいただけますように。

〒一〇一—〇〇五一
東京都千代田区神田神保町一—三七　友田三和ビル五Ｆ
本の雑誌社気付
鈴木輝一郎著『印税稼いで三十年』係宛

本書は「本の雑誌」二〇一九年五月号より二〇二一年四月号まで連載された「生き残れ！燃える作家年代記」に大幅に書き下ろしを加え、再構成したものです。

ブックデザイン　田村保寿

鈴木輝一郎（すずき きいちろう）

一九六〇年生まれ。日本大学経済学部卒。推理小説を山村正夫に、時代小説を南原幹雄に師事。九十一年『情断!』でデビュー。『めんどうみてあげるね』で第四十七回日本推理作家協会賞を受賞。『国書偽造』を契機として歴史小説にも進出、『浅井長政正伝』『光秀の選択』『桶狭間の四人』など著書多数。また『家族同時多発介護』や『新・何がなんでも作家になりたい!』『新・時代小説が書きたい!』などエッセイや小説指南書も執筆。全国屈指のプロデビュー率「鈴木輝一郎小説講座」を主賓し、ダイジェスト動画をYouTubeに配信中。

「鈴木輝一郎小説講座ダイジェストチャンネル」
https://www.youtube.com/c/kiishirosjp

印税稼いで三十年

二〇二一年七月三十日　初版第一刷発行

著者　鈴木輝一郎
編者　杉江由次
発行人　浜本茂
印刷　モリモト印刷株式会社
発行所　株式会社本の雑誌社
〒101-0051
東京都千代田区神田神保町1-37　友田三和ビル
電話　03(3295)1071
振替　00150-3-50378

定価はカバーに表示してあります。
ISBN978-4-86011-460-2 C0095